LE VACARME
DES POSSIBLES

De la même auteure

Tu peux toujours courir, roman, Montréal, Hurtubise, 2015.

La théorie du drap contour, roman, Montréal, Hurtubise, 2016.

Les petites tempêtes, roman, Montréal, Hurtubise, 2017.

Tu peux toujours rester, roman, Montréal, Hurtubise, 2019.

Créatrices : 30 portraits de Québécoises inspirantes, en collaboration avec Andréanne Gauthier, Montréal, Hurtubise, 2019.

Valérie Chevalier

LE VACARME DES POSSIBLES

Hurtubise

Catalogage avant publication de Bibliothèque et Archives nationales du Québec et Bibliothèque et Archives Canada

Titre : Le vacarme des possibles / Valérie Chevalier.
Noms : Chevalier, Valérie, 1988- auteur.
Identifiants : Canadiana 20210063157 | ISBN 9782897817886
Classification : LCC PS8605.H47475 V33 2021 | CDD C843/.6—dc23

Les Éditions Hurtubise bénéficient du soutien financier du gouvernement du Québec par l'entremise du programme de crédit d'impôt pour l'édition de livres et de la Société de développement des entreprises culturelles du Québec (SODEC). L'éditeur remercie également le Conseil des arts du Canada de l'aide accordée à son programme de publication.

Financé par le gouvernement du Canada | Canada

Couverture et illustrations intérieures : Anne-Julie Dudemaine
Révision linguistique : Pierrette Tostivint
Correction d'épreuves : Nicole Blanchette
Conception graphique : Sabrina Soto
Maquette intérieure et mise en pages : Folio infographie

ISBN 978-2-89781-788-6 (version imprimée)
ISBN 978-2-89781-789-3 (version numérique PDF)
ISBN 978-2-89781-790-9 (version numérique ePub)

Dépôt légal : 4e trimestre 2021
Bibliothèque et Archives nationales du Québec
Bibliothèque et Archives Canada

Diffusion-distribution au Canada
Distribution HMH
www.distributionhmh.com

Diffusion-distribution en Europe
Librairie du Québec / DNM
www.librairieduquebec.fr

Imprimé au Canada
www.editionshurtubise.com

« Un seul être vous manque,
et tout est dépeuplé ! »

Alphonse de Lamartine

« Qu'est-ce qui pousse certains auteurs
à se cacher derrière un pseudonyme ;
est-ce qu'un écrivain, finalement,
possède une existence réelle ? »

Paul Auster

Dimanche 13 octobre 2019

Montréal, 7 h 33

L'automne s'est emparé de la ville et éparpille ses feuilles colorées par le froid sur le sol et le capot des voitures. Des paillettes sur la métropole. Quand les véhicules démarrent, ils disséminent leur récolte qui virevolte dans les airs et confère au matin des airs de fête. Confettis naturels, célébrations boréales. Pourtant, les gens s'en vont travailler l'air endormi, le teint qui oublie l'été, effaçant un peu plus chaque jour l'empreinte du soleil. Les couleurs sur nos joues se déplacent dans les arbres, où elles éclatent avant de se faner sur les trottoirs, ou sur les voitures, c'est selon.

La musique classique m'apaise. Je ne pensais jamais dire ça ; ce jour est pourtant arrivé. Plus jeune, quand Maryse, ma professeure de peinture, nous imposait une pause de rap ou de pop qu'elle remplaçait momentanément par Radio-Classique, j'étais de celles qui rouspétaient le plus fort. À un âge où je cherchais tout sauf le repos, cela m'apparaissait d'un ennui mortel. Aujourd'hui j'ai souvent besoin d'elle. Sa douceur reposante me calme. Elle donne l'impression d'arrêter le temps, elle m'empêche de sortir de ma tête. Peut-être qu'elle parvient juste à freiner l'afflux des pensées qui, devant la grandeur des notes, se tarissent un moment. Ça fait du bien. Oui, certaines mélodies imposent même que les idées se taisent.

Je songe à partir en France pour retrouver mon amoureux. Je n'aurais que six jours mais c'est là mon dernier congé avant un bon moment. Une folie, j'en conviens. J'aimerais suspendre le temps et les feuilles, les fixer pour les retrouver à mon retour, intacts. Vivre en parallèle et appuyer sur « pause » pour ne rien manquer, nulle part. En ce moment, la denrée la plus rare de ma vie, c'est le temps.

Lundi 21 octobre 2019

Nice, 9 h 45

Assise sur le balcon, je contemple la mer. Le silence n'existe pas ici, il est redéfini par la Méditerranée. La vie sur la Côte d'Azur s'accompagne d'une bande-son marine, ponctuée du chant des criquets et des cigales joyeuses. Parfois, le cri d'un corbeau vient briser le crépitement des insectes et le bruit des vagues qui se fracassent sur les galets. La douce vie.

La fine brise ébouriffe tout juste la cime des palmiers. À l'exception de ces mouvements furtifs, le décor ressemble aux photos des cartes postales en vente à « trois pour cinq euros » sur la Promenade des Anglais.

Comme à l'habitude, rejoindre mon chum me procure une joie immense. Quel bonheur de le retrouver. Sa présence me fait un bien indescriptible. Il m'a tellement manqué. Je ne sais pas si on le réalise davantage au moment où le manque se ressent ou au moment où il cesse. Avant-hier, en plongeant dans ses bras à la sortie du train, j'aurais tout misé sur la deuxième option. Cette étreinte était chargée de toutes les autres, celles que nous n'avions pas pu nous offrir durant les sept dernières semaines. La première étreinte est toujours la plus intense.

Jérôme a pris un congé, on a donc passé la journée collés, à s'embrasser, se balader, rire, siroter du vin blanc et faire l'amour. Un bien heureux programme. Hier, il devait travailler, je me suis donc attablée sur la terrasse de ce joli bistrot où j'ai réussi à écrire dix pages de mon livre. Enfin le souffle ! Enfin l'espace ! Enfin le temps qui ne compte plus, la transe, les dialogues que j'entends clairement dans ma tête, les mots qui se posent. Enfin le récit qui me porte, le cessez-le-feu des craintes, des doutes, des réflexions interminables. Enfin le terreau fertile plutôt que la page blanche et les vertiges qui l'accompagnent. Exit le regard qui se perd entre les murs de mon appartement et la page qui reste l'hiver. Exit les pensées volages et distraites : quand c'est moi qui voyage, elles ne m'échappent plus.

quand tu chuchotes
à mon oreille
tu donnes
la chair de poule
à tout mon corps
ton souffle
embrase la forêt
au creux de mon ventre
c'est une fièvre
incontrôlable

Mardi 22 octobre 2019

Nice, 10 h 45

On a reçu la famille de Jérôme hier soir. Ses parents, ses deux sœurs, dont l'aînée est enceinte jusqu'aux oreilles, son beau-frère et leurs deux minots. Ça en fait du monde, c'est parfait comme ça. J'ai préparé des salades fraîches avec les légumes que je suis allée acheter au marché, Jérôme a cuisiné deux daurades aux herbes et au citron sur le gril. Ensuite, avec la cadette, on a badiné en servant les hors-d'œuvre. C'était joyeux, le bonheur exsudait.

Durant ces soupers de famille outre-mer, je regarde parfois autour de moi, en me disant que ça pourrait être ça ma vie, à temps plein. La réalité c'est que je suis le plus souvent absente lors de ces rassemblements. J'essaie d'être présente pour les évènements importants, certaines fois c'est possible, d'autres pas. Heureusement, je suis toujours pardonnée et on se reprend quand je suis en visite. La plus grande sœur de Jérôme est en congé de maternité perpétuel depuis trois ans. Quand je suis de passage en ville, nous avons l'habitude de prendre une grande marche dans le port, puis d'aller manger à l'hôtel familial, aussi bien dire leur deuxième maison. Même leurs parents, qui n'y travaillent plus, finissent toujours par y atterrir les midis.

Chaque matin, leur mère va nager dans la Méditerranée, elle y accède par une toute petite plage inconnue des touristes. Lorsque Jérôme travaille, elle passe me chercher en voiture et on s'y rend ensemble.

On s'arrête pour boire un petit café en route, puis on marche un moment pour atteindre cette section sauvage, ce secret bien gardé. Et à chacun de mes séjours, on soupe au moins une fois tous ensemble. Je suis bien avec eux. Cette vie morcelée est surréaliste, mais c'est la mienne.

Je reprends la route demain matin. Déjà... Je ne dois pas trop y penser. Ce soir, on se fait livrer des sushis et on ne sort plus de l'appartement. Ce soir, c'est Jérôme et moi contre le reste du monde.

tu me manques
d'avance

Mercredi 23 octobre 2019

Paris, 20 h 37

Buvette Levain Le vin. 10e arrondissement.

Minervois blanc devant moi. J'ai parcouru quinze kilomètres aujourd'hui. Je mérite certainement cette planche de fromages et de charcuterie pour accompagner le verre.

Début de journée en tornade. Le réveille-matin qui sonne trop tôt. Chercher et rejoindre le corps de mon chum dans son lit trop grand. Les rois ne devaient vraiment pas aimer dormir collés. Douche, fermeture des bagages. Jérôme m'emmène à la gare. Dernier baiser, moi dans le train, lui sur le quai, comme dans les films. Le train s'éloigne, nos yeux s'accrochent. Je fais tout pour le garder dans mon champ de vision le plus longtemps possible. Puis il disparaît et tout me manque d'un coup : la douceur de ses baisers, ses bras-étaux qui me protègent, le bruit du monde qui glisse sur nous enlacés, comme l'eau d'une rivière de chaque côté d'une île. Lui et moi, insatiables de ces secondes d'éternité à traîner ensuite avec nous, à glisser dans la poche pour nous réchauffer plus tard les doigts. Un petit fragment de lui, volé et protégé comme un trésor. À l'abri, tout au fond du cœur.

nos corps
qui s'entremêlent
est mon nœud
préféré

Jeudi 24 octobre 2019

Le ciel, 14 h 45

Quelque part au-dessus de la France, je vois précisément les limites des parcelles colorées qui se voisinent telle une courtepointe. Un joli collage de terre, de blé, d'herbes et d'arbres qui cohabitent par sections. Vue d'en haut, même la nature a ses frontières.

Les au revoir sont toujours déchirants. C'est une drôle d'habitude qui porte à la fois les promesses de retrouvailles heureuses et le poids des manques à venir. Je commence à connaître les signes avant-coureurs de cette douleur. Serai-je capable de supporter encore longtemps la routine des valises, la route vers l'aéroport, le bagage à main trop lourd, la bouteille d'eau qui doit être vidée avant le contrôle de sécurité? Une fois cette frontière passée, c'est le point de non-retour. Le pire est fait, la peine est vive. L'ultime étape, c'est le changement d'heure sur le cellulaire, quelque part au milieu de l'océan. Entre mes deux vies, entre mes deux mondes. Momentanément, je ne suis ni dans l'un ni dans l'autre. Le temps est suspendu, mes certitudes un peu aussi.

Les cumulus se pelotonnent sous nos ailes, comme j'aimerais le faire encore dans les bras de Jérôme. Plus bas, un grand champ de ouate d'un blanc vif et lumineux a pris le relais des terres françaises. La grisaille pour un pays tout entier, le soleil pour nous. Est-ce qu'on peut vivre toujours au-dessus des nuages?

L'air glacial de l'avion me donne la chair de poule, malgré le manteau que j'ai enfilé. Le contraste avec la chaleur du sud est flagrant et prévient tout mon corps, si ce dernier ne l'avait pas déjà compris, que la mer et le soleil, c'est fini.

Paris d'Édith Piaf dans les oreilles, pour enterrer le bruit du moteur et noyer ma nostalgie. J'ai envie de pleurer. Je suis comblée de deux vies que j'aime mais avec lesquelles je dois constamment jongler. C'est extrêmement grisant, mais aussi épuisant. Je me demande toujours si ça finira par basculer d'un côté ou de l'autre. Combien de temps arriverai-je à jouer à l'équilibriste entre ces deux univers ? D'un côté, ma passion exigeante mais enivrante pour un travail que j'adore ; de l'autre, la mer et les montagnes, mon amour pour Jérôme, simple et fort, qui m'apaise et me nourrit tout à la fois. J'aspire à cultiver les deux. Chaque jour qui passe, je comprends mieux toute la complexité de chacun des tableaux, qui se dessinent en parallèle.

Je suis fatiguée.

est-ce qu'on mesure
l'impact d'une personne
par la force
de son absence ?

Vendredi 25 octobre 2019

Montréal, 7 h 11

De retour à la maison.

Cette notion me semble de plus en plus floue, mais je sais que cet endroit, mon appartement, répond à ce nom.

Ma bougie au pin nordique brûle devant moi. Je me sens en décalage. Mes vies parallèles me rattrapent.

Je porte en moi la nostalgie des bras de Jérôme, des réveils doux dans ses draps, du soleil en opulence, de la mer, du repos. Du temps moins pressé d'avancer que les gens eux-mêmes.

Voilà déjà deux ans que j'alimente mon bonheur en diptyque. Deux ans de vols vers Paris, Nice ou Marseille, selon les prix et les horaires. Deux ans de TGV, de cafés serrés attrapés en vitesse à la gare. Deux ans de valises éventrées dans ma chambre minuscule quand mon chum est chez moi. Deux ans de rendez-vous à New York, Amsterdam ou Florence. Deux ans de retrouvailles et d'adieux. Deux ans de coups de fils entre deux fuseaux horaires. Deux ans de messages à toute heure, de projets échafaudés, rêvés, concrétisés. Deux ans d'appels vidéo qui s'étirent, de panique lorsque le chargeur manque à l'appel. Je suis partagée entre deux existences. Si le cerveau peut fonctionner en conjuguant deux hémisphères, pourquoi ne le pourrais-je pas aussi ?

Même ici à Montréal, j'existe entre deux maisons. Je me sens déjà étrangère à cet appartement que j'ai commencé à quitter dans ma tête, mais je n'ai encore aucun sentiment d'appartenance au vieil immeuble dont je suis nouvellement propriétaire et dans lequel je planifie emménager l'année prochaine. Ce grand chamboulement est prévu pour la fin du printemps, quand nous aurons fini de le rénover ma sœur et moi, afin d'y vivre toutes les deux. Je me projette là-bas, je me projette en France. Je m'évade au chalet pour me reposer de toutes ces pérégrinations. Je suis un peu partout là où je ne suis pas.

Samedi 26 octobre 2019

Saint-Alexis-des-Monts, 11 h 51

Il fait grand soleil, mais il fait froid : sept degrés. Pour souligner le soixantième anniversaire de mon père, maman a loué un chalet dans une magnifique réserve naturelle où elle souhaite réunir ses héritiers. Mon frère est passé me prendre en ville et on a fait la route ensemble. On a rejoint ma sœur et mes parents pour le souper hier. Je n'ai pas vu la soirée passer, épuisée que j'étais par le retour. Les jours se suivent et ne se ressemblent pas. Il y a une semaine je prenais mon café en t-shirt dans le port de Nice, collée à mon amoureux. Il y a quatre jours je buvais du vin seule sur une terrasse chauffée de Paris. Aujourd'hui je rentre d'une marche dans le bois avec ma famille, emmitouflée dans les pelures. La forêt est belle même si les arbres, eux, sont presque déjà nus. Au sol, leurs feuilles humides se confondent dans un camaïeu sépia, c'est joli comme de vieilles photographies.

Mon corps est encore engourdi par le décalage horaire. Mon cœur un peu étourdi de tout ce voyagement vers mon amour et loin de lui. Le temps en famille me distrait de mes ennuis, de la distance lourde, de son absence. Mon père est heureux de nous savoir tous ensemble réunis. Il respire le bonheur. Ça équilibre les choses, ça justifie ma présence ici. Depuis que j'ai rencontré Jérôme, je saisis tout le poids de mes absences ailleurs.

l'automne
me met au défi
de m'imprégner
de lui
sans dépérir
davantage
je n'ai jamais été
très douée
à ce jeu-là

Lundi 28 octobre 2019

Montréal, 8 h 31

Le silence du matin. J'ai remis la discipline de me lever tôt à l'horaire, j'ai besoin du calme et de la rigueur que m'offre l'aurore. Elle me manquait, ces derniers temps.

Mon ami Olivier m'appelle. Sa voix réconfortante m'apaise, me ramène à l'instant présent. Elle me rappelle pourquoi je reviens, pourquoi c'est encore ici que je rentre à la maison.

Depuis mon retour de France, je cherche quelque chose qui ne vient pas. Des réponses. Le moyen de combler un vide, la joie explosive qui ne m'envahit plus. J'erre dans les questions sans issue, j'essaie de m'avancer sur des choses impossibles, de trouver des verdicts qui, je le sais, dans toutes les éventualités, me feront souffrir. J'essaie d'épurer un peu, de rincer ma tête comme le riz. Plusieurs fois. Doucement. Et de voir l'eau devenir claire. C'est ce que j'espère avec ce processus. Relâcher mes épaules, adoucir mon souffle, le rallonger, et lui permettre de trouver son rythme. Apaiser les questions qui planent comme des vautours.

La grande sœur de Jérôme a accouché, mon amoureux est donc devenu oncle une troisième fois cette nuit. Il me dit qu'il veut vivre tout ça avec moi, juste avec moi. Ça me fait sourire, mais rapidement les pensées balaient mon bonheur. Une partie de moi veut exactement la même chose, mais pas tout ce que ça implique. Je ne pourrai jamais demander à Jérôme de quitter sa famille, d'abandonner l'entreprise familiale et son pays tout à la fois. Parallèlement, je ne m'imagine pas déserter le mien et abandonner les rêves que j'ai mis tant de temps à concrétiser. Plus on parle de famille, plus je vois les nuages sombres de nos réalités obscurcir le ciel de nos ambitions. Je veux être avec lui. Et je veux des enfants. Et je veux continuer d'exercer le travail que j'aime tant. Pourquoi devrais-je exclure une de ces aspirations ? Avoir à faire un tel choix est injuste.

Un deuil se dessine : ce que j'aime faire le plus au monde ou de la personne que j'aime le plus au monde. Je ne sais pas si je m'en remettrai.

je ne sais pourquoi
on cherche si désespérément
quelqu'un qui nous chavire
au point de souffrir
quand il est loin de nous
quelle ironie
de savoir la symbiose
impossible

Mercredi 30 octobre 2019

Montréal, 8 h 52

Je ne sais pas quelle direction prendre. Je me sens à un carrefour. Quand je travaille ici, j'ai l'impression de perdre du temps précieux de lui, de nous ; quand je suis là-bas, je me sens déconnectée de la vie que je me suis bâtie. Mon désir d'avoir des enfants grandit aussi vite que le temps file. Je vois une fenêtre de dix ans se refermer subrepticement sur moi et, dans le tourbillon des projets et des ambitions non assouvies, j'ai peur que le temps me manque. J'ai envie de me lancer avec lui, de mettre les bouchées doubles pour que tous mes rêves puissent cohabiter. Mais notre éloignement géographique m'en empêche. Même nous, on ne peut pas cohabiter. C'est moi ou mon amour que je dois relocaliser.

Ce sont de bien trop grands dilemmes pour un si petit corps. Personne ne devrait avoir à trancher entre deux vies.

J'aimerais tellement mieux les aligner l'une à côté de l'autre comme des billes dans un collier, m'en faire un bijou porte-bonheur.

l'immobilité du lac
me rassure
mais le reflet
qu'il me renvoie
a oublié ton visage
même lui se trompe
mon cœur
repart au galop
c'est un cheval sauvage

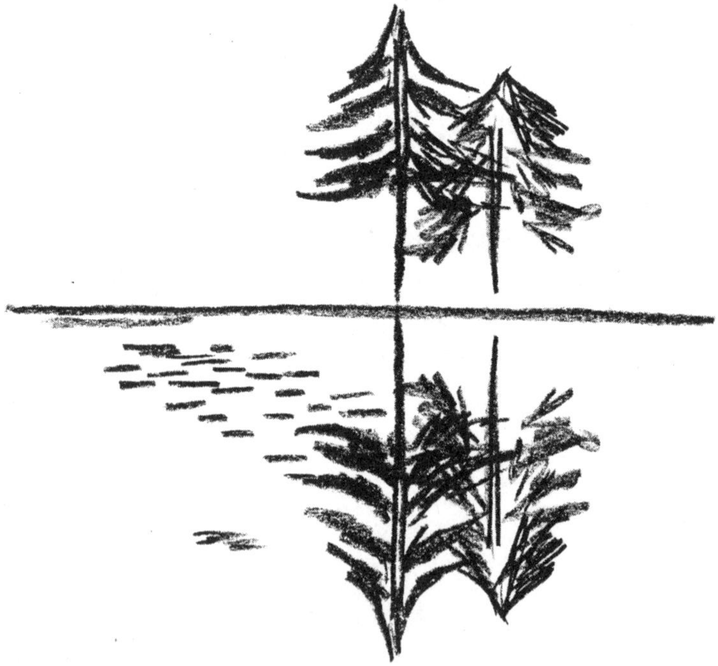

Samedi 2 novembre 2019

Entrelacs, 8 h 36

J'ai vu la première neige hier, à Sainte-Julienne. Rien à voir avec les neiges éternelles, mais de petits flocons se sont posés sur le pare-brise. C'était joli comme des fleurs de muguet.

Il fait froid, ça fait du bien. Il y a dans cette immobilité glacée quelque chose de rassurant. Mon amie Noémie vient de se réveiller. Arômes de café et de pain grillé embaument l'air du chalet. Cette odeur récurrente du matin est aussi réconfortante. Le lac ressemble à un miroir. Les feuilles sont toutes tombées, ça y est. Les arbres ont revêtu leurs habits d'hiver.

Hier soir on a beaucoup parlé de la vie, de l'amour. Celui qui passe, celui qui reste. De l'avenir, de nos vies professionnelles, de nos projets d'écriture. Hâte de voir ce qui va en émerger.

mon corps est épuisé d'attendre le tien

Dimanche 3 novembre 2019

Entrelacs, 7 h 47

Silence du matin. Toute la forêt s'est tue pour admirer le spectacle.

Les flocons avaient commencé à tomber hier soir de façon un peu plus soutenue que la veille. À l'aube, la scène était tout simplement à couper le souffle. Chaque branche de chaque arbre était surmontée d'une fine couche de neige blanche, et sur le sol, on voyait à peine émerger les pousses vertes qui, jusqu'ici, avaient survécu à l'automne. Cette forêt immaculée, émouvante et majestueuse, semblait avoir pris la pose pour que je puisse en admirer toute la beauté au saut du lit. Il n'était pas encore sept heures quand j'ai ouvert les yeux, et j'ai décidé de me lever un instant, sans savoir si j'allais commencer ma journée ou revenir me lover dans la chaleur des draps. La poésie de ce spectacle matinal m'a émue et rendue si joyeuse que la perspective de me rendormir n'avait plus rien d'emballant. Chanceux quand même, celui qui préfère sa vie au monde des songes.

Vendredi 8 novembre 2019

Entrelacs, 20 h 59

Ces temps-ci, j'ai souvent envie de pleurer. Parfois, je regarde les montagnes, la route ou un plat qu'on a cuisiné pour moi chez un ami ou au restaurant, j'ai envie de pleurer parce que ça me semble trop beau : quelle chance incroyable j'ai d'être là, de pouvoir admirer, goûter, sentir, partager toutes ces choses. Puis, quand la déprime et la fatigue s'emparent de moi, je me perds les yeux dans la forêt, qui me crie que la vie est belle. « Oui, je le sais », je lui chuchote, découragée malgré tout de ne pas l'apprécier comme elle le mérite. J'ai envie de pleurer parce que je ne me sens pas digne d'elle.

À tous les coups, sa beauté me rappelle que je ne suis qu'un éclair, qu'un jour je ne serai plus là. Alors je verse des larmes de pluie. Durant les éclaircies, je pleure de bonheur de pouvoir profiter de cet échantillon de vie que l'univers veut bien partager avec moi, le temps de cette éclipse qu'est mon existence. Et durant les tempêtes, quand je perds la tête et le nord, je pleure de ne pas être en train de profiter de ce miracle, de l'honorer comme il se doit.

la vie est tellement belle
des fois je trouve que je ne la mérite pas

Jeudi 14 novembre 2019

Montréal, 8 h 30

J'évite mes cahiers ces jours-ci. Je fais des détours pour ne pas avoir à m'arrêter au-dessus d'eux, comme s'ils allaient me renvoyer un reflet que je ne veux pas voir, me prendre en flagrant délit de pensées graves. Mes idées sont trop grises pour que j'aie envie de les consigner. Elles sont pleines de nœuds et je ne sais comment les défaire.

La location de mon appartement se termine dans un mois et demi. J'avais espoir de pouvoir l'étirer jusqu'à l'été, mais ça n'a pas été possible. Je devrai donc vivre ailleurs le temps des travaux dans l'immeuble que j'ai acheté avec ma sœur. J'ai hâte d'avoir mon nid à moi. Le mien. Ce lieu dont je rêve depuis longtemps, au cœur de cette ville qui m'habite et que j'aime tant.

À l'encre bleue, j'ajoute sur la liste de mes angoisses la nécessité de trouver un appartement temporaire d'ici janvier. L'idée d'un déménagement imminent m'inquiète, alors que le froid et la noirceur de novembre se referment sur moi. Le réconfort de mon cocon me semble tout à coup essentiel à ma survie et l'idée de le quitter dans de telles circonstances m'angoisse au point d'en rêver la nuit. Je sais bien que tout cela sera provisoire, seulement je suis très attachée à l'idée de la maison. Ce lieu familier, cette forteresse rassurante où l'on peut se poser. L'air du large a beau me faire du bien, je sais qu'il y a ce point d'ancrage qui m'attend, quand je veux rentrer au port. Chez moi, ce sera où, quand je ne serai plus ici ?

Mardi 19 novembre 2019

Montréal, 6 h 13

Jérôme arrive aujourd'hui pour huit jours. Un mélange de craintes et de vertiges a torpillé ma nuit. Le point culminant de mes appréhensions des derniers jours. L'inquiétude en concentré.

Il n'y a pas que mon esprit qui bascule, il y a ma peau qui s'irrite, se constellant de rougeurs et de plaques disgracieuses. Mon estomac aussi fait des siennes et, sans freiner mon appétit, manifeste son mécontentement à l'égard de la moitié des choses que j'ingère.

Je ne comprends pas pourquoi mon corps est à ce point déboussolé, je ne sais pas si c'est ma tête qui le guide en ce sens ou s'il a deviné avant elle que rien ne va plus. Est-ce que ces symptômes sont le signe que je m'apprête à faire fausse route ? Ou, au contraire, que je dois oser aller au bout de cette réflexion, sans quoi j'y laisserai ma peau ?

Je ne comprends pas ce qui manque à mon bien-être, même quand je m'essouffle pour l'assurer, il semble toujours trouver quelque chose à redire. P o u r q u o i?

je suis lasse de rêver à toi
c'est épuisant
et malgré tout
ça m'empêche de dormir
les draps m'étouffent
et ton souvenir aussi
mais où est passé
le matin ?

Jeudi 21 novembre 2019

Montréal, 18 h 57

La fracture s'est faite. C'est fini avec Jérôme. Mon amour a continué de se fissurer, jusqu'à se détacher totalement.

C'est tellement douloureux de faire mal à quelqu'un qu'on aime, même si on ne l'aime plus suffisamment pour rester avec lui. C'est l'égoïsme du geste qui m'anéantit. Quitter quelqu'un, c'est le contraire de l'amour. C'est trahir la promesse qui nous a initialement unis. Ce geste que j'ai posé me fait mal parce qu'il a été réfléchi, soupesé, prémédité. Cette part de responsabilité dans l'issue de notre couple, dans le bouleversement de nos vies respectives est aussi lourde à porter qu'une enclume. Celle que j'ai dans le ventre depuis des jours.

Je ne pouvais tout simplement plus continuer. J'avais beau retourner la situation dans tous les sens, je ne trouvais pas l'issue. Chacune de nos retrouvailles s'accompagnait inéluctablement d'un départ trop proche et toujours plus déchirant. La joie d'être ensemble ne faisait plus le poids contre les sacrifices de nos absences répétées. C'était mettre trop de pression sur notre amour, sur sa longévité. C'était un fardeau trop lourd à porter. Les cœurs doivent être légers pour que le bonheur s'y love. Le mien était étouffé par ce poids, à un point tel qu'il fallait trancher. Après m'être rendue si loin, c'était une question de survie.

Incroyable comme je trouve difficile de poser un geste qui fait mal, et de consciemment poursuivre sa trajectoire. C'est d'autant plus douloureux que je n'ai pas la certitude d'avoir pris la bonne décision, pour lui, pour moi, pour tout. Il ne faut pas que j'y pense. Il ne faut pas que je pense à sa peine, aux dommages collatéraux, à ses amis, à ses parents, à ses sœurs, à ses neveux, à la nièce que je ne rencontrerai jamais... À ces gens que j'aime et que je quitte du même coup. À nos habitudes, à tout ce qui s'est avéré être la dernière fois. Nos dernières fois de tout. Ça fait mal, si mal que je remets le processus en question de A à Z. Je réfléchis, questionne tout, fais rouler en boucle dans ma tête tout ce à quoi j'ai renoncé. La douleur du bourreau. Avoir le destin d'un autre entre les mains et foncer malgré tout. C'est un rôle d'une violence inouïe. Sa peine est moins évidente à saisir, mais n'est-elle pas d'autant plus légitime ? Il est cet incompris, qui ne pourra vivre son désarroi autrement que seul.

Le simple fait d'écrire ces lignes fait fondre mes certitudes, s'éloigner au galop ma rationalité dans un fondu brumeux qui laisse place à la tristesse, à une latence perfide qui s'insinue comme un venin. Un poison de culpabilité et de douleur qui se répand doucement, subrepticement dans tout mon corps, partant du cœur et envahissant, une veine à la fois, chacun de mes membres. Un poison silencieux, perfide, dont l'effet est destructeur.

Savoir Jérôme à Montréal pour encore six jours est invivable. Je me dis qu'heureusement deux de ses bons amis vivent ici, il n'est pas complètement abandonné à son sort. Je cherche les mots pour m'apaiser, pour éteindre le procès que je me fais. Puis, je repense à ce cahier, au fait que c'est lui qui me l'a offert, au fait qu'il était tellement généreux avec moi. Au fait que son seul désir était de me rendre heureuse. À cette pensée, le venin se réactive. J'ai mal à nouveau…

le ciel a eu vent
de mon malheur
il a tant pleuré
avec moi
que la ville
s'est éteinte
chaque fois
que le courant disparaît
c'est une femme
qui a le cœur brisé

Samedi 23 novembre 2019

Montréal, 16 h 45

Je suis sur Sainte-Catherine, assise au Time Out Market, ouvert il y a une semaine à peine. Le centre-ville est bondé, déjà paré de ses décorations de Noël. Les gens ont les bras chargés de cadeaux, à emballer et à offrir. Seule à ma table, je regarde sans appétit l'assiette de rouleaux de printemps à peine entamée qui traîne devant moi.

J. m'a inondée de messages cet après-midi. Des messages d'incompréhension. De déception. De tristesse. J'y ai répondu du mieux que j'ai pu, mais j'ai vite compris que la seule chose qu'il voulait entendre, c'est que je regrettais ma décision. Je ne pouvais pas lui offrir ce soulagement. Quand il l'a compris, le ton de ses missives est devenu acerbe. J'ai momentanément cessé de les ouvrir, je repousse ses sentences à plus tard. Grâce à lui, j'ai maintenant de la douleur en réserve. Les temps ont changé.

J'observe le Time Out Market… J'avais prévu le visiter avec lui. Mon malheur est un figurant qui prend trop de place et qui détonne avec l'espace rempli de gens heureux. Qui d'autre ici, entre deux familles qui rient aux éclats et autant de couples amoureux, vit un drame comme le mien ? Est-ce que le bonheur des autres met en relief notre propre malheur ? Peut-être que j'arriverai à assimiler, par l'immersion, l'idée du bonheur sans lui. Seule.

tu me disais toujours
que je n'avais pas
à m'inquiéter
les secrets
entre nous
ne pouvaient être
qu'amoureux

au restaurant
quand tu t'absentais
tu laissais
ton téléphone
sur la table
n'y a-t-il pas
plus belle
preuve de confiance ?

Lundi 25 novembre 2019

Montréal, 13 h 18

Non, pas facile tout ça. Mon esprit vagabonde entre la culpabilité et la tristesse, elles se donnent le relais sans relâche. Ça m'épuise. J. n'a pas cessé ses représailles, ce qui n'aide en rien.

Je me sens un peu déconnectée de cette vie qui était la mienne jusqu'à la semaine dernière. Paradoxalement, je ne me suis jamais sentie aussi près de mes émotions, aussi sûre de mes choix. Il faut dire que je vivais seule ici, même si on formait un couple. Je ressentais un décalage au quotidien, comme si ces deux vies ne se rejoignaient jamais tout à fait, mais demeuraient plutôt côte à côte, reliées par des pointillés avec les voyages, les appels et les messages saupoudrés en diagonale de mes journées. Durant deux années, ces contacts m'ont fait tant de bien que j'oubliais qu'ils constituaient parfois, aussi, une sorte d'obligation. Celle de cultiver ce lien à tout prix. Souvent, je n'avais pas envie de parler, j'aurais juste voulu sa peau, j'aurais juste voulu le silence à deux. Attraper son souffle avec le mien et les laisser danser ensemble, nos corps bercés par cet air partagé, cet air et la chaleur de sa peau, ça aurait été suffisant, mieux que ça, ça aurait été parfait, mais dans la distance, la seule façon de cultiver les complicités silencieuses, c'est avec des mots. Les pensées ne suffisent pas, c'est trop dur de deviner les sourires à six mille kilomètres.

Mon détachement est annonciateur de plusieurs tristes constats. J'avais déjà amorcé mon deuil. Je n'étais plus aussi heureuse dans notre relation. Une partie de moi est soulagée. Le poids des décisions déterminantes pesait lourd et mon corps le portait de plus en plus difficilement. Me défaire de ce fardeau est une libération. Lui n'était pas le fardeau. Lui, je l'aimais. Il venait cependant avec cette vie ailleurs, irréconciliable avec ma vie ici. Qui prend mari prend pays. Je ne pouvais pas trahir le mien, ç'aurait été me trahir moi-même, tromper ce que j'avais toujours été et que, probablement, j'avais toujours su.

Avec ce point final, je tire un trait sur les projections déchirantes et, si je regarde en arrière avec nostalgie, je sais que je ne ressens plus la peur d'avancer dans la mauvaise direction. Des constats durs dont la violence silencieuse me pèse. Malgré tout, je suis plus légère. Le poids du cœur vaut mille mots.

j'aimerais que ma tête
me raconte des histoires
sur d'autres que toi

Mercredi 27 novembre 2019

Montréal, 6 h 38

Je n'ai pas très bien dormi cette nuit, ou du moins pas trouvé le sommeil aisément. J. repartait en France hier soir. Il m'a appelée de l'aéroport. Plus posé que lors de nos derniers échanges, il ne comprenait pas plus ma décision pour autant.

« Es-tu vraiment certaine de ce que tu fais ? »

Mon cœur a perdu quelques plumes. Il s'est fracassé en tant de miettes qu'il faudra peut-être parler de lui au pluriel, dorénavant. Hier, c'était anéantissant. Bien sûr que non, je n'en étais pas certaine. Pas totalement. Peut-on jamais l'être absolument dans pareille situation ? C'est tout de même incroyable qu'il ait fallu se dire adieu lorsqu'on était si près, alors que nous étions si éperdus l'un de l'autre quand nous étions éloignés. Un amour si fort à distance, qui s'achève à proximité. Je vis très difficilement tous ces exils.

Savoir J. dans l'avion, blessé, triste, fâché pour tant d'heures avant qu'il puisse rentrer chez lui m'inflige une vive peine… Je ne dois pas y penser. Combien de fois devrai-je prononcer cette phrase si vide de sens avant de l'intégrer ? Plus je me la répète, moins je l'applique. Je ne dois pas y penser, je ne veux pas avoir encore plus de peine que j'en ai déjà, je culpabilise autant de vouloir en chasser l'idée. J'ai besoin de temps pour me poser et me reposer, malheureusement les longues journées de travail s'enchaînent à un rythme effréné. Ce n'est pas plus mal parce que je m'engourdis en pensant à autre chose. Je fais diversion. Ça me manquera juste de partager mes anecdotes avec lui…

les draps
m'étranglent
ma peine
se coule
dans les oreillers
la nuit
m'assassine
mais le matin
finit toujours
par me réanimer

Samedi 30 novembre 2019

Montréal, 14 h 32

Samedi à Montréal. C'est rare que ça m'arrive, mais je n'ai pas le courage d'aller seule au chalet. D'autant plus que je travaille demain. Oui, même le dimanche. Je n'en ai pas tellement envie. Disons qu'en ce moment je n'ai envie de rien. Mais, au moins, ça a le bénéfice de rapporter des sous, que je n'ai pas en trop ces jours-ci.

J'ai enfin trouvé le logement où je me poserai en janvier. Rosanna, une professeure de cinéma, sous-loue son appartement durant sa sabbatique et cherche une personne de confiance pour en prendre soin durant son absence. Elle part six mois en Italie pour aller voir sa famille et faire des recherches. De mon côté, le projet de duplex que j'ai entrepris avec ma sœur nécessite plus de rénovations et ne sera prêt qu'en juillet. Bon, ça reste un peu serré, mais j'irai au chalet quelques semaines, ou je squatterai chez des amis les jours de tournage. Je m'arrangerai bien. En attendant, ça m'enlève un stress. Je suis rassurée.

L'appartement est situé à deux rues du parc La Fontaine. Il est pour moi. L'endroit est lumineux, et même si tout le mobilier date de l'âge de pierre (de son propre aveu, tout a été acheté à l'époque de son université), Rosanna n'a pas menti en me disant qu'il ne manquait rien. Pour moi qui planifiais d'entreposer mes choses et de ne garder que le nécessaire, c'est parfait. Au fond, le fait que cet appartement soit figé dans le temps lui donne un charme certain : la télévision cathodique avec le lecteur VHS, la radio et la collection de CD de sa propriétaire, la bibliothèque qui déborde de livres, en français, en anglais et en italien. Je serai bien, là, pour hiberner et disperser ma peine jusqu'à ce qu'il n'y en ait plus.

Hâte aux prochaines joies, aux prochains débordements d'émotions, d'idées, d'envies, de projets. Je souhaite des déferlantes, des étourdissements grisants, des surprises. Oh oui, d'heureuses surprises. Tout est possible.

qu'est-ce qui goûtera aussi bon
que tes lèvres sur les miennes
maintenant?

Mercredi 4 décembre 2019

Montréal, 7 h 28

J'écoute de la musique de Noël. Ça me réveille doucement pendant qu'à ma droite le sapin-palmier que ma collègue m'a offert illumine le salon. Je ne comptais pas en faire un cette année puisque je déménage dans un mois, mais elle trouvait ça trop triste un Noël sans sapin, et sans amoureux peut-être aussi. Les amis sentent ces choses-là. Elle m'a fait livrer un arbre en pot au beau milieu de notre répétition. J'ai trouvé ça tellement touchant, je me suis retenue de pleurer. Il faut dire que ça m'en prend peu, ces jours-ci. L'arbre sent bon et ça me réconforte, je l'aime même s'il a de très larges branches un peu comme les palmiers et que sa forme s'apparente davantage à celle d'une fougère qu'à celle d'un conifère. Mon sapin-palmier-fougère. Il est parfait, cet arbre. Parfait pour moi.

Sa magie est altérée par ma luminothérapie et sa lumière aigüe, mais je me dis qu'il faut mettre toutes les chances de son côté, quand on traverse les plus courtes journées de l'année et qu'on est en peine d'amour de surcroît. C'est étrange, j'écris ces mots et je m'interroge sur mon niveau de peine. J'ai l'impression que je vis une peine d'amour en différé. Ma tête pense tout le temps à J., mais mon cœur est engourdi et mon corps est presque sevré. L'habitude de la distance probablement. Écrire me fait tant de bien. J'aimerais faire ça toute la journée en pyjama, avec mon arbre palmier et ma musique de Noël. Ce cocon va beaucoup me manquer. En même temps, je me dis qu'un peu de changement n'a jamais fait de mal, et que dans le contexte tout changer en même temps est peut-être la meilleure des idées. Brasser les cartes, changer les choses de place, comme je l'ai fait avec mon bureau maintenant installé dans le salon et qui est finalement encore mieux là. J'ai hâte de voir comment ma vie aussi pourra être mieux autrement. En attendant, je bois du thé et j'écris.

mes réserves d'énergie
sont épuisées
ton absence
me laissera-t-elle
un jour dormir?

Lundi 9 décembre 2019

Entrelacs, 7 h 57

Le brouillard est tellement dense qu'on voit difficilement l'autre rive du lac. Même l'île est perdue dans la brume. J'ai bien dormi. Le silence et l'odeur du chalet me réconfortent.

C'est la première fois que j'y reviens depuis ma rupture avec J., et je suis contente de ne pas l'avoir fait toute seule. Noémie est venue avec moi.

La forêt est belle. Je suis heureuse ici, profondément. Je m'enracine dans le sol comme un arbre, jusqu'à ce que je sois bien solide, et à travers mes confrères, j'observe le lac et les oiseaux.

C'est chez moi.

forêt
le parfum des sapins
est le seul
qui me fait croire
que je nous survivrai

Vendredi 13 décembre 2019

Montréal, 8 h 54

Je suis au ralenti. Le temps passe vite. Ce contraste, quand j'en prends la mesure, m'essouffle.

La réalité, c'est que mes journées sont pleines à craquer : pleines de boulot, pleines de pensées, alourdies par la souffrance et la nostalgie. La vérité, c'est qu'une partie de moi est assaillie par un sentiment de culpabilité qui persiste à me torturer. Ma tête me rassure, mon cœur va relativement bien, mais tout mon corps est coincé dans un étau de ressentiment. Je me sens coupable de la douleur que j'ai provoquée chez lui. Je ne pense pas à la mienne, je ne me le permets pas. Comme si elle n'était pas légitime, comme si je ne méritais pas d'attirer la compassion, à commencer par la mienne.

Je suis en colère, mais surtout déprimée par cette sentence de culpabilité que je me répète en boucle, épuisée et découragée. Je pense à lui et je m'en veux. Pas autant qu'il m'en veut, il me l'a suffisamment signifié, mais beaucoup. Sur mon téléphone, je reçois un énième message de colère et de détresse de sa part. J'en lis les premiers mots dans les notifications, petits poignards silencieux. Je les balaie du pouce et reporte ma souffrance à plus tard.

l'éventail
de mes blessures
est si grand
que je pourrais
ouvrir un musée
peu de gens le visiteraient
si nombreuses nous sommes
à disposer de telles galeries
un peu partout dans le monde

– sororité

Vendredi 20 décembre 2019

Montréal, 20 h 47

Seigneur ! Déjà presque Noël !

Déjà un mois que c'est terminé avec J. Incroyable comme le temps file. Mon cœur s'en remet, se panse avec des diversions. J'ai l'impression de me retrouver. Plus que deux jours de tournage et ce sera les vacances. J'ai hâte, même si cette période de réjouissances risque de me renvoyer au dernier Noël que j'ai passé avec J., dans sa famille en France… Je prends une grande inspiration et je me rappelle que l'avenir ne se lit pas dans les souvenirs. Les fêtes cette année seront nécessairement différentes. Je serai occupée, je mettrai ma vie en boîte. Ce n'est jamais aussi excitant que dans des valises, mais c'est plus concret. J'y ferai un grand ménage, élaguerai le passé et ne garderai que l'essentiel pour ma transplantation. Je ne pourrai faire autrement que d'avoir le cœur léger. Puis, le lendemain de Noël, j'irai rejoindre ma famille pour quatre jours au chalet. Nous ne serons que nous cinq, mes parents, mon frère, ma sœur et moi. Revenir aux bases et faire le plein d'amour… inconditionnel.

je me fais croire
que j'ai une routine
alors que les journées
n'en ont pas
je médite
sans être concentrée
j'écris
sans savoir quoi dire
je me déplace
sans destination
tout de moi
est en attente
de la suite

Dimanche 22 décembre 2019

Montréal, 8 h 56

Mon trois et demi n'attend qu'à être emballé, mais moi, ça ne m'emballe pas du tout. Je suis une flemmarde, il faudrait que je commence à m'activer, mais je crois qu'en secret le sprint final m'excite davantage. Au lieu d'être efficace, je tourne en rond, je m'assois au pied de mon sapin-palmier et je lis Beigbeder.

Je n'ai faim de rien. Je suis grisée par ce sentiment de grandeur et à la fois fragile de ce qu'il m'impose. Pas de vertige, mais d'envie. De dépendance.

éparpillée
je sais que quelque chose
s'en vient
que quelqu'un
m'attend
quelque part
bientôt
je ne sais pas
si je le connais
je suis pressée
mais la vie est en retard

ma vie est trop grande pour moi seule

Lundi 23 décembre 2019

Montréal, 17 h 11

Café Pista. Le bol Pista vide et un fond de café au lait traînent devant moi. Olivier vient de partir, on a ri, refait le monde, parlé de la vie. C'était cool et simple, comme toujours avec lui. Décidément ce dont j'ai besoin en ce moment.

J'ai envie de cette légèreté, de ces journées sans plan, de ces improvisations parfaitement imparfaites, avec surprises à la clé. Cette décadence du quotidien qui m'enlace et me berce avec son énergie contagieuse. J'ai les sens en ébullition, l'envie d'assouvir des désirs que je n'ai pas encore. L'appétit de vivre, d'étancher une soif que je n'ai pas eue depuis longtemps. La douce violence de cette animalité me fait sourire et me rassure sur mon état.

Je suis vivante.

je ne sais pas si je vais t'aimer longtemps
mais je t'ai aimé tout de suite

Mardi 24 décembre 2019

Montréal, 9 h 45

Comment mon existence peut-elle être chamboulée à ce point en si peu de temps ? Cette fois, en revanche, c'est dans le bon sens. J'ai le cœur en fête et le sourire accroché au visage depuis douze heures. Hier soir, après le Pista, je suis repassée à la maison avant d'aller rejoindre des amis au Vinvinvin, petit bar sympathique du quartier voisin. C'est là que j'ai rencontré Paul. Est-ce que ça existe, les coups de foudre ? En tout cas, la minute où je l'ai vu, j'ai su que quelque chose était en train de se passer. Était-ce cette rencontre que je pressentais ces derniers jours ? Je ne sais pas s'il est la personne qui m'attendait quelque part, mais il était là, ce soir de décembre, et moi aussi, et nos existences se sont croisées. Le reste du monde ne pouvait rien contre cette fatalité.

Après d'innombrables verres, une déferlante de mots et autant de sourires échangés, on est partis ensemble. On était à pied, on s'en allait dans la même direction. On souriait dans le noir, et on essayait de ne pas trop se regarder pour ne pas se trahir. On se retenait de s'embrasser, surtout dans le passage souterrain de la rue Papineau. À ce moment, j'ai déclaré que j'avais besoin d'un verre d'eau. Il a répondu qu'il avait justement l'eau potable chez lui. Problème réglé. La suite était déjà écrite.

J'ai bu mon eau pendant qu'il sifflait un scotch. On a bavardé un peu, quelques politesses le temps d'apprivoiser le nouveau décor de notre idylle. Puis a finalement été échangé ce baiser qui confirmait toutes mes appréhensions : il allait bouleverser ma vie.

embrasse-moi
comme si c'était la fin du monde
je prends de l'avance pour
le jour où tu me quitteras

Mercredi 25 décembre 2019

Montréal, 9 h 59

Joyeux Noël. Je vais bien.

J'ai fait la grasse matinée ce matin, levée il y a une demi-heure ! Un rêve. Après une succession de réveils aux aurores et de couchers aux petites heures, j'en avais bien besoin.

Je sens que je me détache de cet appartement. J'ai beau ne pas avoir commencé mes boîtes pour retarder le moment des adieux, quelque chose s'est arrêté déjà. Je n'apporte plus rien à cet endroit, je n'attends plus rien de lui. Je le laisse faner comme ce bouquet dont on choisit de ne plus changer l'eau. Il y a quelque chose de triste et d'apaisant à la fois, comme si mon corps se défaisait de ses liens avec le lieu, rompant ses attaches une à une. La nostalgie est toujours là, mais elle me berce plutôt qu'elle m'étouffe. Je sens sa présence constante, volatile. Elle s'est élevée dans l'air comme les particules de poussière que l'on observe au soleil un jour d'hiver, où la chaleur conditionnée les garde en suspension.

2020 se présente dans une semaine. Le début de ce nouveau chapitre arrive à point. Des portes se sont fermées dans ma vie au moment même où la décennie prenait fin. Il est inévitable que d'autres s'ouvrent quand nous aurons tous basculé dans cette nouvelle année. 2020… Ces chiffres ronds ont une force rassurante. En écriture manuscrite, la forme du chiffre 2 s'apparente à celle du 8, qui, lorsqu'on le pivote, symbolise l'infini. Les deux 0 évoquent la réinitialisation des compteurs, le renouveau. Leur présence est synonyme de commencement, de recommencement. Et même ces deux 0, lorsqu'on les colle, composent à nouveau ce symbole d'éternité, cette boucle sans fin.

22 00 88 ∞

Trois fois l'infini. Le chiffre 3 que j'aime bien est lui aussi très près de ce symbole ! 3, c'est la moitié de 8 quand on le coupe à la verticale. Je sais bien qu'un mathématicien ne serait pas d'accord avec mon analyse, et je n'ai aucune idée de ce que tout cela signifie en numérologie, mais d'un point de vue créatif, c'est joli. Et ça alimente mon côté rêveur, qui a bien envie de croire, d'espérer, de repérer des signes n'importe où, à commencer par l'alignement des chiffres d'une année, et de sourire en pensant aux hasards que nous réserve la vie.

Le vacarme des possibles chahute dans ma tête, me donne envie de rire et de danser. Si je me trompe, j'aurai au moins espéré. Et quand on croit, on vit.

même quand tu n'es pas là
tu me déconcentres

Vendredi 27 décembre 2019

Entrelacs, 8 h 32

Au chalet pour quelques jours avec ma famille. Cette retraite aurait pu constituer un répit agréable si elle n'avait pas mis en relief le magnétisme que Paul exerce sur moi… même à des kilomètres.

J'aurais apprécié me lever plus tard, compte tenu de l'heure tardive à laquelle je me suis couchée hier et du peu de sommeil dont j'ai profité la veille. J'ai eu beau faire la sieste hier après-midi, la fatigue est ma compagne quotidienne dernièrement, et le simple fait que j'aie réussi à accompagner la fondue de vin me surprend encore.

La veille, je suis allée prendre un dernier verre de Noël chez Paul. On ne s'était pas donné de nouvelles depuis que j'étais partie de chez lui au matin du vingt-quatre en même temps que lui, qui était déjà en retard pour son brunch. Avant-hier soir, on s'est écrit Joyeux Noël, puis ça a déboulé. À vingt-trois heures, après nos festivités respectives, on s'est donné rendez-vous chez lui. C'est drôle, une *date* à Noël. Spécial, dans le bon sens. On riait quand je suis entrée chez lui. Il a débouché une bouteille de vin orange. Que c'était bon ! On ne s'est étrangement pas touchés avant qu'il soit très, très tard. Dans le salon, on a discuté, ri, appris à se connaître. « OK, c'est quoi ton défaut ? » J'ai adressé la question parce que je me la posais sérieusement. Jusque-là, rien de ce qu'il me révélait ne me décevait, tout me donnait envie de le découvrir encore plus. Il a ri et m'a dit que j'en trouverais bien assez vite. Je ne l'ai pas cru.

On avait fini le vin depuis des lunes quand, à quatre heures du matin, il a finalement posé sa main sur ma cuisse. C'en était fini des confidences. On retardait probablement les rapprochements sachant qu'au moment où nos corps se toucheraient, il serait déjà trop tard. Je me suis endormie près de lui, enivrée.

Je me sens bien chez lui, avec lui. Je me sens bien quand il me regarde, quand il pose une main sur moi. Son regard est doux et bon. Il y a aussi cette électricité dans l'air, elle prend le dessus sur ma nostalgie. Elle me prend jusqu'au ventre, comme un choc. Durant la journée hier, même lorsqu'on n'était plus ensemble, ça me saisissait encore. Brutalement, sans crier gare, le souvenir de son parfum, d'une étreinte, de ses bras, de ses baisers, du café qu'il m'a préparé avec attention au réveil, de la musique de *Juno* pour accompagner le matin... D'ailleurs, comment avait-il deviné que j'adorais ce film et que je connaissais par cœur chacune des chansons de sa bande sonore ? Ne commettait-il donc aucun faux pas, jamais ?

Le laisser avait été incompréhensiblement difficile pour une deuxième *date*. Et tout à fait normal à la fois, comme si c'était dans l'ordre des choses. Comme si c'était prévu ainsi.

Depuis mon départ hier matin, on s'écrit comme des ados, et je frémis à l'arrivée de chacune de ses missives.

papillonne mon cœur
envole mes mains
décolle-moi de terre
juste avec des mots

Dimanche 29 décembre 2019

Entrelacs, 8 h 32

C'est hier soir que Paul s'installait dans mon nouvel appartement. Ai-je précisé que je lui ai laissé les clés de chez moi dès notre deuxième rencontre ? Tout ça n'a absolument aucun sens, je le sais, mais dans la mesure où tout de notre relation est irréel – après tout on a déjà passé Noël ensemble –, c'est sûrement normal.

Il faut aussi tenir compte du contexte. Lors de ce réveillon improvisé, Paul m'a expliqué qu'il avait loué son appartement à des voyageurs qui venaient célébrer le Nouvel An en ville. Il devait être parti en voyage, mais ses plans avaient changé (les astres s'étaient alignés pour notre rencontre, je l'appréciais). Ce faisant, il devait quitter son logement pour quelques jours et, bien qu'il adorait l'ami qui lui avait proposé de l'héberger, la perspective de passer quatre jours en compagnie de sa coloc et ses trois chats ne l'emballait guère. Spontanément, je lui ai proposé l'appartement de Rosanna. Après tout, il était meublé et prêt à m'accueillir. J'avais déjà pris possession des clés, même si je n'avais prévu d'y emménager que dans une semaine. Il y serait tranquille, s'il le voulait c'était à lui. Et, parce que nous ne faisions rien comme les autres, il a accepté. La seule chose que je lui ai demandée, c'est de faire des doubles de mes clés. Quelle ironie ! Je n'avais pas eu le temps de m'en occuper. Il m'a dit qu'il m'en ferait autant que j'en voulais, et qu'elles seraient accrochées à une ou deux délicieuses bouteilles de vin pour me remercier. Je lui ai promis qu'on les boirait ensemble. Est-ce imprudent de faire à ce point confiance à un inconnu ? Pour une raison qui m'échappe, j'ai la certitude que je ne me trompe pas.

À son arrivée à l'appartement, il m'a fait un rapport par texto sur l'état des lieux en me faisant un photoroman. Il a été particulièrement surpris de la télévision cathodique et du téléphone posé sur la table de chevet, celui-ci étant relié à une ligne dure. Il m'a fait promettre de ne lui téléphoner qu'avec cet appareil dorénavant. J'ai ri, et je me suis endormie en regardant à nouveau toutes ses photos et surtout la dernière sur laquelle il figurait, glissé dans les draps bleus de Rosanna avec cet ultime message : « Il ne manque que toi dans ce lit. » La joie et la douleur qu'a provoquées ce message étaient assurément *ex aequo*.

ne pas m'endormir
pour être certaine
de ne rien manquer
de toi
en ce moment
mes rêves
sont plus beaux
quand je suis éveillée

Lundi 6 janvier 2020

Montréal, 8 h 01

Premier réveil dans l'appartement de Rosanna. Ma maison pour les six prochains mois.

Le déménagement a eu lieu vendredi, mais je ne suis pas encore installée. La vérité, c'est qu'à peine les déménageurs partis, je m'enfuyais avec Paul au chalet. Cette escapade, trop tôt dans notre relation pour qu'elle coule de source, avait quelque chose de particulièrement exaltant. La veille, après plusieurs heures et de sérieuses investigations, j'ai finalement découvert son principal défaut : Paul a peur de l'engagement, de son propre aveu. Ça m'a fait sourire, puisqu'on vit pratiquement l'un par-dessus l'autre depuis qu'on se connaît, et que je lui ai remis les clés de chez moi avant notre troisième *date*. Je le lui ai fait remarquer. Ça l'a amusé. Il m'a cité une soirée avec ses copains où il ne pouvait s'empêcher de parler de nous. Je le comprenais, moi-même, je disais pareil à qui voulait l'entendre : une telle passion ne pouvait être contenue et sous-entendait nécessairement des emportements. Il m'a rapporté le discours que ses amis lui ont servi, comme ils le font, semble-t-il, souvent pour le prévenir : « Ça va faire comme d'habitude et tu vas te tanner. On s'en reparlera dans deux mois ! » Mais Paul m'a aussi rapporté sa réponse : « Cette fois, les gars, c'est différent. » Le rose m'est monté aux joues, ou peut-être au corps. Est-ce qu'on rosit d'ailleurs, quand on est gênée et nue ? Son sourire a fait naître le mien, comme tant de fois depuis notre rencontre.

Avec Paul, chaque heure était une escalade de bonheur. Il a teinté tout notre séjour: le feu dehors, le vin chaud, les nachos, les films, *Karaté Kid* devant le foyer, *The Saint* avec une planche de cornichons et de fromages. Le rouge pétillant qu'il avait apporté, le couscous de chez Rhubarbe, tout était parfait.

Marcher dans le bois, puis sur le lac gelé. Faire des anges dans la neige. S'embrasser tout le temps. Faire l'amour sans compter. Traîner au lit. Faire toutes les rangées à l'épicerie. Cuisiner des œufs bénédictine. Faire du barbecue sous les flocons. Trop manger, trop boire. Être bien. Ne pas assez dormir. Rire beaucoup. Sourire souvent, sans savoir pourquoi. Enquêter sur nos démonstrations respectives de bonheur. Se dire, à la blague, qu'« on s'apprécie beaucoup, sans plus », mais exprimer notre amour de tellement de façons, autrement. Être heureux et ne pas voir la fin de tout ça.

ton existence est renversante
qu'elle survienne
au même moment que la mienne
est un miracle

écris-moi un roman d'amour
autobiographique

Mardi 7 janvier 2020

Montréal, 9 h 26

Aujourd'hui, je me réveille avec le bruit de la rue Gilford, dans l'appartement d'un gars que je ne connaissais pas il y a encore deux semaines. C'est fou ce que la vie nous réserve. J'ai l'impression que mon quotidien a fait un virage à 180 degrés depuis Noël.

Je ne parle plus à J., qui est rentré chez lui et dont le souvenir m'est plus lourd aujourd'hui. Il me manque pour plein de raisons que je ne peux lui énumérer. Je dois me faire une raison toute seule, apaiser les petits feux de ces souvenirs qui entament les coins de mon bonheur actuel sans pour autant le détruire. Juste des tisons qui éclatent de temps à autre et brûlent ma peau, alors qu'elle s'enflamme pourtant tout entière au contact de Paul. Les petites blagues du destin, pour tester ma volonté et ébranler mon désir de liberté que j'avais tant de bonheur à retrouver.

Alexandre Jardin a partagé cette phrase cette semaine: «Aimer, c'est être la liberté de l'autre.» Je crois qu'elle résume précisément ce dont j'ai besoin. Je veux que l'amour soit l'ivresse sans les inconvénients, la soif pour toujours étanchée, l'appétit insatiable constamment comblé, la fulgurance sans la chute.

quand
dans la chaleur
de nos ébats
mes cheveux
s'éparpillent
sur toi
et que tu te fraies
un chemin
jusqu'à mon visage
rien ne me fait
plus de bien
que ta langue brûlante
dans ma bouche
que ton nez froid
sur le mien
que tes doigts
dans mon dos
les hémisphères
nord et sud
se rencontrent
le parallèle zéro
c'est nous deux

Mercredi 8 janvier 2020

Montréal, 12 h 26

La complicité qui nous unit Paul et moi est difficile à décrire. Elle donne l'impression d'avoir toujours été là, comme si son existence avait précédé notre rencontre. Il ne nous restait plus qu'à nous croiser pour qu'elle puisse nous enchanter. Nous constatons chaque jour avec stupéfaction le miracle de cette réunion. Nous abordons avec amusement l'étonnante absence de l'autre dans la partie de nos vies qui précède celle, déterminante, que nous sommes en train de vivre. Cette découverte me chavire, elle est troublante et apaisante à la fois. Il a fallu que je trouve ce que j'ai toujours cherché pour me prouver que ça existait vraiment. J'ai parfois eu peur qu'à force de trop rêver, je ne puisse qu'être déçue de la réalité. En ce moment, c'est le contraire qui m'arrive : ma vie m'émerveille tellement que la fiction ne m'intéresse plus. Je n'ai plus d'énergie pour elle.

Ça me peine autant que je trouve ça beau.

je suis un buffet
à volonté
dont tu es
le seul
invité

Jeudi 9 janvier 2020

Montréal, 7 h 34

Ma machine à café a rendu l'âme. Je me suis fait un lait d'or en fouillant dans les affaires de Rosanna, que j'ai servi dans une jolie tasse jaune. J'attendrai ma rencontre avec Noémie au Loup bleu, le café favori de Paul, pour en boire un. Toute ma vie est en renouveau, les espaces, les adresses, les gens. C'est fou comme tout a changé. Et je suis bien.

Sans en être pleinement consciente, quelque part au fond de moi, j'avais envie de ce renouveau. Je l'ai amorcé avec l'achat du duplex l'été dernier, un projet ambitieux dont je commence à découvrir toutes les ramifications, puis avec mes réflexions de l'automne. Si quitter le petit trois et demi que j'occupais depuis six ans ne m'emballait absolument pas, trouver cette petite oasis temporaire m'en a doucement fait accepter l'idée. Elle me séduit un peu plus chaque jour où je m'y réveille depuis une semaine.

Hier, j'ai terminé de défaire mes boîtes, de laver tout ce qui devait être lavé, de ranger tout ce qui devait être rangé. Je me sens bien dans cet endroit, maintenant que c'est « chez moi ». De combien d'effets personnels posés quelque part avons-nous besoin pour nous sentir à la maison ? Est-ce que « chez nous » est une affaire de tête, de cœur ou d'objets ? Comment délimite-t-on les frontières de notre intimité ? Est-ce que c'est lorsqu'on dépose notre cœur quelque part qu'on sait qu'on est à la maison ?

Cet appartement me manquera aussi lorsque je le quitterai, mais j'ai la chance de le savoir déjà, et ainsi, de pouvoir profiter au maximum du temps que j'y vivrai.

2020, tu commences de bien heureuse façon.

la rosée de tes baisers
sur mes lèvres
est la plus jolie
des poésies

Dimanche 12 janvier 2020

Montréal, 18 h 22

Les choux de Bruxelles embaument l'appartement. Le chou-fleur au cari, tout juste sorti du four, parfume déjà l'air depuis une bonne demi-heure. Chet Baker me berce alors que je savoure mon verre de vin en différé, ayant avalé le saucisson, le pâté de foie et la baguette de Kamut à la hâte et par gourmandise.

Dehors, des peaux de lièvre tombent doucement, recouvrant le verglas d'hier. Je suis confortablement installée, au chaud chez moi, dans ce nid que je m'approprie et qui m'adopte un peu plus chaque jour. On s'apprivoise, je me dis que la relation qui s'établit entre nous a des chances de fonctionner. Deux imperfections qui ont le désir de se connaître et qui choisissent des méthodes douces pour entrer en contact. J'élabore un nouveau rituel quotidien, il me donne des outils inusités pour y parvenir, me force à revoir mes automatismes, à conserver ceux qui me conviennent seulement. C'est bon d'avoir le temps, de prendre le temps de faire tout ça.

Paul est en voyage d'affaires pour la semaine. Il me manque, mais je crois que son absence à ce moment-ci, justement, est calculée. Que les astres ont comploté pour me donner le recul nécessaire devant cette tornade venue tout chambouler. Heureusement et pour le mieux.

le silence
pour observer
le sevrage
pour déguster
le calme
pour se poser
le recul
pour voir venir
le train
l'attendre
oh oui
l'attendre
surtout
l'espérer
cueillir ce désir
parmi tous les autres
avec l'heureuse promesse
de le combler
l'attente
n'est-elle pas
le plus beau
des supplices ?

Jeudi 16 janvier 2020

Montréal, 6 h 32

Le café napolitain est en train de chauffer sur le poêle. J'aime ce petit rituel du matin. Après ma journée de travail hier, je suis allée regarder les cafetières dans la Petite Italie. C'était agréable. J'ai été sage, je n'ai rien acheté. Je ne voulais pas en choisir une sur un coup de tête. Je voulais réfléchir. Je cogite. Je n'ai plus envie de satisfaire mes désirs dans l'urgence, j'ai envie de les laisser se déposer, bourgeonner, éclore. J'y retournerai dans une semaine ou deux quand je serai fixée. Je parle de cafetières, mais au fond c'est de moi que je parle. J'essaie de me reconnecter à la source.

La tentative de manipulation de J. me blesse et j'y pense malgré moi. Je n'y pensais plus du tout, mais dernièrement il est revenu au galop, à la suite d'un bref échange de textos qui se voulait amical. J'étais sincèrement heureuse d'échanger avec lui en me disant qu'éventuellement, oui, ça pourrait être simple. J'avais tort. J'arrête ici, je ne veux pas lui donner plus de place qu'il n'en prend déjà.

J'en ai parlé avec Andrée-Anne hier soir. Elle me dit qu'il est blessé et que c'est sa façon à lui de me le faire comprendre. Quelle générosité... nul besoin d'autant de démonstrations, j'assimile vite. Ma sœur rit, même si ce n'est pas drôle. Elle me dit de laisser le passé au passé et de regarder devant. Avec des boulets aux pieds, c'est difficile d'avancer. Je ne pourrai jamais y arriver avec Paul si je laisse J. habiter ma tête. Les constants rappels de sa peine me clouent au sol chaque fois que son nom apparaît sur mon téléphone. Difficile d'oublier un ex quand son fantôme nous hante encore autant. Je dois l'évincer. Je retire toutes les notifications de nos conversations, et je sors marcher. En écoutant le bruit de la neige qui craque sous mes pas, je n'entends plus ses représailles.

Mercredi 22 janvier 2020

Montréal, 5 h 57

Le cri strident de la déneigeuse meurt au loin. Vingt-cinq centimètres de neige sont tombés cette nuit, la ville s'affaire encore à dégager rues et trottoirs.

Silence dans l'appartement, premier matin en solo depuis le retour de Paul… il y a quatre jours. C'était bon de se retrouver. On s'était manqué. En l'embrassant quand il est arrivé chez moi, je lui ai annoncé que s'il me faisait encore le coup de m'abandonner une semaine complète, il y avait des chances que je le ligote et que je ne le laisse plus jamais partir. Il a proposé que la prochaine fois, on prenne deux billets. Ça réglerait le problème de tout le monde. J'ai souri jusqu'au plafond.

C'était agréable de traîner avec lui. De faire ensemble les courses sur Laurier, d'aller à l'épicerie, d'acheter le vin. Les bras chargés, revenir chez lui dans le froid après avoir parcouru toutes les rues perpendiculaires à la recherche de sa voiture, remorquée en son absence. Il l'a retrouvée deux jours plus tard, finalement.

Le tourbillon des tournages a repris de plus belle. Chaque soir en rentrant du studio, j'ai de nombreuses pages de texte à apprendre pour le lendemain. Je dois admettre que cet exercice est beaucoup moins périlleux lorsque Paul n'est pas dans la même ville que moi. En sa présence, une force surnaturelle me dévie de mes objectifs, aussi importants soient-ils. On a donc statué qu'en semaine j'avais besoin d'au moins une demi-heure par soir sans sexe ni diversion, afin de pouvoir les mémoriser convenablement.

Qu'on soit chez lui ou à l'appartement de Rosanna, on a la même routine : on s'installe dans le salon, lui dans le coin du canapé, moi allongée sur le dos, la tête appuyée sur sa cuisse. Il s'empare d'un des nombreux polars qui comblent sa bibliothèque et il en dévore patiemment les enquêtes en me caressant les cheveux. Sur ma tablette, je fais défiler les scripts à réviser, mais parfois, je l'avoue, je lève les yeux pour lui voler quelques images. Lui avec ses lunettes de lecture, son air sérieux, ses sourcils froncés, son front qui se détend et son sourire qui s'étire lorsqu'il me surprend. Paul me donne alors un baiser que j'ai envie de prolonger, mais il me ramène à l'ordre, et je me replonge dans mes devoirs.

Mes soirées sont plus douces depuis qu'il en fait partie.

tu me retournes
comme un sablier
le temps passe au ralenti
avec toi
dans la tête

Vendredi 31 janvier 2020

Montréal, 7 h 43

Le soleil se lève au loin, ma rue est encore plongée dans l'ombre bleue du crépuscule. Je suis en congé aujourd'hui. Réveil en solo. Ils se font de plus en plus rares et ils me font du bien, finalement, ces matins solitaires. Je suis plus centrée, plus posée quand je démarre la journée seule. Mon cerveau n'est pas dans la concession. Ni dans la tentation, à commencer par celle de déroger à mes plans pour paresser, savourer les miettes de nuit dans les bras enveloppants d'un homme désirable. Le problème, c'est que j'aime m'endormir collée...

Paul est généreux, attentionné, respectueux, passionné. Le quotidien est simple avec lui, mais j'ai besoin d'aller doucement. Mon envie de ralentir coïncide avec l'arrivée des derniers tournages de la saison. Je ne suis pas encore en congé, mais bientôt. J'ai hâte de n'avoir plus rien à l'ordre du jour. De pouvoir lire, aller au cinéma. Vivre, tout court. J'ai aussi extrêmement hâte de repartir en voyage. L'air du large m'attire. Après le tourbillon de l'automne, du travail, du déménagement, après les montagnes russes sentimentales, la perspective de prendre du repos ailleurs est emballante.

Cette semaine, après avoir examiné quelques options, on a réservé deux billets d'avion pour le Costa Rica. Paul devra travailler là-bas, mais on a quand même prévu du temps pour en profiter ensemble et visiter un peu. Pour le reste, je lirai et je collectionnerai les rayons de soleil. La seule pensée de leur chaleur sur ma peau m'enthousiasme au plus haut point. Le sable et le bruit de la mer me manquent de façon viscérale et les retrouver ailleurs qu'en France est la plus joyeuse des idées. J'ai hâte à l'été.

les voisins épient
notre bonheur
rares sont ceux
qui en connaissent
d'aussi éblouissants
la nuit
quand on sort marcher
je suis persuadée
qu'on brille dans le noir

Lundi 10 février 2020

Le ciel, 8 h 11

Je viens de me réveiller, j'ai dormi depuis le décollage à sept heures, d'un sommeil profond et réparateur. Merci à mon coussin en mousse mémoire, à mon loup et à la liste musicale *Sleep* de m'avoir si bien bercée.

Les nuages nous enveloppent. Je ne suis pas assise à côté de Paul puisqu'on est arrivés trop tard pour avoir deux sièges côte à côte. Ce moment solo me convient, tout compte fait. Il me dédouane de toute conversation, me permet de dormir et de me plonger dans mon cahier sans culpabilité.

Les auditions sont passées, les tournages sont terminés, les pitchs pour les nouveaux projets aussi. La demande de permis pour les travaux du duplex a enfin été complétée et envoyée à la Ville. Tout est fait. Je pars l'esprit tranquille, sans savoir de quoi seront faits les prochaines semaines ni les prochains mois, mais avec confiance. À l'exception de ma voiture, que j'ai retrouvée pratiquement fossilisée dans un banc de neige hier, la vie est bonne pour moi.

On discutait du bonheur, l'autre jour, avec Olivier. On se demandait si on pouvait se prétendre véritablement heureux, ou si la vie n'était pas plutôt une succession de moments parfois heureux parfois malheureux, entre lesquels on oscille constamment. Peut-être que la vie m'a épargnée, ou que je me souviens plus du bon que du mauvais, mais j'ai la conviction que certaines personnes sont fondamentalement heureuses et que la douleur, aussi grande soit-elle, finit toujours par se dissiper. Le bonheur reprend ses droits, comme le soleil réapparaît après une grosse tempête, même s'il doit se faufiler pour se frayer un chemin. Je crois par contre qu'il est vrai que certaines personnes, par les épreuves constantes que la vie leur a envoyées, ou seulement à travers leur perception de l'existence, voient toujours la tristesse poindre au prochain tournant, anticipant le malheur à venir, même quand la vie est belle. Comme si, malgré la joie et l'allégresse, le malheur était toujours là, tapi dans l'ombre, les guettant et planifiant un retour triomphal. J'ai de la chance d'être tombée dans la première catégorie.

Je regarde le soleil disperser ses rayons sur un tapis nuageux. Oui, si on monte assez haut, on finit toujours par apercevoir la lumière.

Jeudi 13 février 2020

Nosara, Costa Rica, 8 h 40

Les vacances avec Paul ne se passent pas comme je l'avais imaginé. J'avais l'impression, peut-être à tort, que parce qu'on avait tous les deux beaucoup voyagé, ce serait simple. Ça ne l'est pas. Chaque jour Paul doit travailler. On se pose au bord de la piscine ou dans un café et je lis pendant qu'il passe des coups de fil et envoie des courriels. En après-midi, on choisit ce qu'on a envie de faire et, puisqu'on a plutôt loué des appartements, on doit aussi établir ce qu'on a envie de manger. Décider si on fait l'épicerie ou si on prévoit aller au restaurant... cette routine, qui était pourtant si simple à Montréal, semble ici beaucoup l'irriter. Il ne veut rien planifier d'avance, alors que moi qui suis en vacances, je n'ai pas envie d'aller au marché trois fois par jour, d'autant plus qu'ici tout se fait en voiture. J'ai l'impression de le décevoir. Je ne sais pas pourquoi.

J'ai joué au jeu des sept erreurs. Qu'ai-je fait de mal pour qu'il soit à ce point déçu de ce qu'il découvre sur moi ? Je décortique les détails. À quel endroit, dans le tableau de ce voyage, certaines choses divergent-elles de notre duo d'inséparables d'Amérique septentrionale ?

Je sais que l'idée de l'engagement l'effraie. Peut-être qu'il trouve ça trop intense d'être en vacances ensemble et de faire des plans... C'est pourtant lui qui m'avait proposé ce voyage. Je me questionne. Je me demande à quoi il pense, mais je n'ose pas lui demander de peur de le bousculer. Quand on fait l'amour, je le retrouve. Il est totalement présent. Le reste du temps, son travail l'accapare beaucoup et son esprit s'échappe loin de nous. Je ne veux pas ajouter à son stress, alors je lâche prise et je prends patience. Je me réfugie dans les livres que j'ai apportés.

> « Quand on est très petit, la longueur des bras permet juste d'atteindre le cœur de ceux qui nous embrassent. Quand on est grand, de les maintenir à distance. »
>
> Grégoire Delacourt

Comme il est étrange, le bonheur. On le souhaite, on en rêve, on y travaille. Combien d'opportunités a-t-on de le posséder pleinement ? Et lorsqu'on s'en empare, de le domestiquer ? Perd-il de sa valeur dès lors qu'on le détient ? Doit-il rester à l'état sauvage pour conserver toutes ses propriétés ? Autant de questions auxquelles ni moi ni Grégoire Delacourt n'avons les réponses.

mon amour
a fait de toi
la plus belle
des œuvres d'art
dont je connais
les traits
par cœur

Samedi 15 février 2020

Monteverde, Costa Rica, 7h49

Hotel Santa Fe. Paul dort toujours, il a cessé de travailler tard hier soir. Je suis sortie de la chambre en douce et je suis venue m'asseoir au petit restaurant de l'hôtel où les déjeuners sont servis par les propriétaires. Le père ne parle pas anglais, son fils vient en renfort lorsque des explications sont nécessaires.

C'est la tempête dehors. Ils n'appellent pas ça la Rainforest pour rien. Les rafales de vent monumentales poussent les nuages de bruine et la pluie tombe en diagonale. Le couloir jaune du gîte, où se succèdent les baies vitrées, laisse entrer un soleil tenace qui le gorge de lumière. Les œufs brouillés sont bons. Le café aussi. Deux Allemands bavardent dans le corridor. Deux autres clients attablés derrière moi discutent en espagnol. J'en devine des bribes. Jusqu'à maintenant, j'ai rencontré moins de Québécois que je ne l'aurais imaginé. Ce qui n'est pas pour me déplaire. Quand je voyage, j'aime bien être dépaysée. Me fondre au milieu des autres, redevenir anonyme. Au contraire de Frédéric Beigbeder dans *Une vie sans fin*, je ne « rosis pas de bonheur » quand on me reconnaît à l'autre bout du monde. Personnellement, lorsque je suis ailleurs, j'aime bien passer incognito.

Avant-hier, Paul a pris l'après-midi de congé et il était de très bonne humeur. On est allés marcher dans la Réserve naturelle de Monteverde, malgré les averses qui allaient et venaient au gré de leurs envies. L'odeur de la végétation, accentuée par la pluie, était enivrante. Sublissime nature, grandiose poésie. Observer cet or vert à travers la brume avait quelque chose de presque religieux. Le soir, on a mangé, perchés dans les arbres du restaurant San Lucas, cachés dans un petit habitacle qui nous protégeait des intempéries. C'était vraiment à couper le souffle, avec les rafales de vent et de pluie qui sévissaient tout autour de nous. Et pourtant, sous les couvertures que les serveurs avaient déposées sur nos genoux, nous étions bien. Avec la petite tour chauffante ajoutée près de notre table, c'était encore mieux.

Je parlais du bonheur récemment. Il fait des siennes ces jours-ci. J'ai le grand luxe de le fréquenter intensément, à en être ivre, de prendre des pauses pour mieux en savourer le goût. À d'autres moments, il m'échappe, il me glisse entre les doigts, presque au ralenti, et j'observe sa dégringolade, impuissante. Être en voyage avec un autre que J. me trouble, je n'avais pas ressenti ce malaise aussi fortement que maintenant. J'ai l'impression de le trahir. Hier les remords m'ont assaillie comme une nuée d'abeilles. Elles m'ont tourné autour toute la soirée, me suivant de plus ou moins près. Parfois, l'essaim s'éloignait à la vue d'une fleur ou d'un joli bosquet, puis il revenait de plus belle. La nuit dernière, j'ai rêvé à J. sans trêve. J'avais beau me réveiller, chaque fois je retombais dans le même cauchemar. Des fois, J. prenait un visage différent, mais c'était toujours lui qui me hantait, qui revenait, que je devais éviter, que je tentais de convaincre de la légitimité de mes choix, de ma nouvelle vie. J'aimerais pulvériser ces scènes générées par mon imagination, mais elles reviennent inlassablement, quelque part, s'insinuer dans ma quiétude et m'empêcher de goûter le moment présent. Est-ce que Paul sent ce chaos dans ma tête ? Est-ce que son attitude parfois distante l'alimente, ou est-ce qu'il réagit, au contraire, à mes pensées qu'il devine mieux que moi ?

Dehors, la pluie semble avoir cessé, et le soleil impose sa présence à travers les nuages. Malgré les bourrasques, je pense que je vais aller prendre l'air. Les abeilles s'envoleront peut-être.

est-ce que tu crois que les étoiles
peuvent s'évader du ciel ?

Lundi 17 février 2020

Playa Avellana, Costa Rica, 10 h 42

Les oiseaux chantent en canon. Le soleil, presque à son zénith, chauffe ma peau dénudée. Je viens de terminer mon thé glacé par grandes lampées ; il n'y avait presque plus de glace et il devenait tiède. La minuscule mouche qui s'y était logée s'est collée à une paroi du verre, m'évitant ainsi d'avoir à choisir entre l'avaler et sacrifier la fin du précieux liquide, qu'on était venu m'offrir avec beaucoup de courtoisie une heure plus tôt. Les jours se suivent sans se ressembler. D'une destination à l'autre, le paysage change, le temps qu'il fait aussi. La bruine et le froid des montagnes de Monteverde ont laissé place à la chaleur. S'il vente encore, la violence des rafales n'a rien à voir avec celle de plus de quarante kilomètres heure qui sévissaient à Monteverde. Les nuages sont moins nombreux ici, et le vent les chasse plus vite. Le seul vecteur commun se situe dans mes cauchemars, ils n'ont pas besoin de passeport et me suivent sans que je les y convie.

Ils mettent inévitablement en scène J., mais le J. post-rupture bien sûr. Fermé, rempli de violence et de mépris. Douloureux par son omniprésence, qu'il impose jusque dans mon sommeil. S'il savait combien je pense à lui, il tomberait de la lune. Je dis ça, peut-être qu'il s'en fout au fond, revivifié qu'il est peut-être après quelques aventures. Et si, comme on ne se reparlera probablement jamais de toute façon, je choisissais l'option qui me convient le mieux ? Et si, passé la rupture et la colère qu'elle a engendrée chez lui, passé les propos violents et irréfléchis qu'il m'a balancés comme des grenades, il se rappelait, lui aussi, des bons moments ? Qu'il y repensait avec nostalgie et un peu de tristesse, mais qu'il était reconnaissant, au fond de lui, pour tout ce qu'on avait partagé ensemble ? Et qu'une partie de lui, qu'il taisait par amour, était soulagée de ne plus avoir à choisir entre ses sentiments et ses ambitions professionnelles ? Peut-être même qu'il voit poindre à l'horizon le jour où il sera amoureux d'une autre, qu'il sera comblé de pouvoir faire prospérer l'entreprise familiale, de voir ses enfants grandir avec leurs cousins et être heureux, point ? Écrire cette dernière probabilité me fait un pincement au cœur. Ses enfants auront un papa extraordinaire. Mais j'ai besoin, Seigneur, j'ai besoin d'être épanouie moi aussi, dans mon couple et surtout dans mon travail. J'en ai besoin, sinon la suite ne peut pas être heureuse, pas durablement. J'espère que je ne me trompe pas. Mais comment peut-on faire fausse route si on s'écoute ?

Aujourd'hui, Paul a décidé de ne pas travailler. Il est d'humeur joyeuse. Il m'a apporté mon café au lit. Il nous a préparé une omelette et des fruits pour déjeuner, on les a mangés les pieds dans la piscine. On laisse son ordinateur, mes cahiers et tous nos soucis dans la chambre et on s'en va à la plage. Se retrouver au-delà de toutes ces défaillances est la meilleure des idées. J. n'est plus là. Je dois chasser son souvenir, comme la mer efface les traces de nos pas à Paul et à moi. Parce qu'aujourd'hui, c'est à ses côtés que j'avance.

je tricote des phrases
avec de jolis mots
c'est mon activité préférée
quand je ne peux entrelacer
les ficelles de mon corps
avec les tiennes

– pornographie grammaticale

Mardi 18 février 2020

San José, Costa Rica, 11 h 57

Mon application à écrire dans ce cahier est directement liée à ma solitude : plus je suis seule, plus j'écris. Le célibat prédisposerait-il au succès littéraire ?

Paul a des rencontres toute la journée. Moi, je flâne. Retour au Café Saint-Honoré situé à quelques pas de notre hôtel. Le menu arbore une grande tour Eiffel avec les mots BON APPÉTIT écrits en majuscules. On n'échappe pas si facilement à la France… Je pense à J. comme si j'en avais besoin.

Cette nuit au moins, pas de cauchemars. Peut-être que la thérapie du cahier a fonctionné, et que de l'imaginer heureux et rasséréné a réussi à modérer l'orage dans mon ventre. Ça ou les mots que Paul a susurrés à mon oreille pour me guider vers de douces pensées avant que je m'endorme. Je me demande parfois où il en est, lui, dans sa tête, par rapport à nous. Mais quand c'est essentiel, il est entièrement là.

Le petit jardin où j'ai lu hier, dans la cour intérieure, est occupé par cinq amis et deux dames qui conversent à l'ombre. Je me suis repliée sur une table près du comptoir. Mon cappuccino est en route, et je replonge dans mon Éric-Emmanuel Schmitt au titre de circonstance : *Journal d'un amour perdu*.

> « Ce qu'on peut faire de mieux pour ceux qui nous aiment, c'est encore d'être heureux. »
>
> Eric-Emmanuel Schmitt

il faut que j'arrive à apaiser mon corps
sans tes caresses
à calmer mon souffle
sans tes chuchotements

Mercredi 19 février 2020

San José, Costa Rica, 10 h 42

Mes tête-à-tête avec Schmitt m'ont fait réaliser qu'on ne peut pas constamment revisiter le passé, même si ses souvenirs nous hantent encore. Les changements que nous mettons en œuvre sont précédés de certitudes, ou encore d'impressions de certitudes suffisamment fortes pour qu'elles nous poussent à les opérer. Pourquoi les remettre en doute ? Pourquoi ne pas simplement continuer d'avancer, au lieu de tergiverser ?

J'ai bien médité sur la question. Comme compagnon de voyage, J. était difficile à battre. Avec lui, tout était toujours agréable et facile. Paul est plus distant, mais je sais aussi qu'il est parti avec beaucoup de travail. Soyons honnête, ça change la donne. À sa défense, quand j'étais avec J., je n'étais pas assaillie de mille et une questions sur mon passé, juste sur l'avenir. Alors qu'avec Paul l'avenir ne m'inquiète pas : il m'emballe.

J'ai décidé de jeter mes doutes à la mer, et de regarder l'horizon. Mon futur ne peut pas exister si je n'y suis pas.

debout face à la mer
je me déleste
du poids
de ton absence
le vent calme mes frayeurs
la houle au dehors
apaise ma tempête

Vendredi 21 février 2020

Aéroport de San José, Costa Rica, 15 h 10

« Je pense que je t'aime. » J'ai prononcé ces mots-là, dans cet ordre précis, peut-être parce que j'en doutais autant que j'avais envie de les dire. Était-ce pour te provoquer, pour vérifier si toi aussi tu y pensais parfois ?

J'ai échappé un « je t'aime » comme on échappe un soupir. Spontanément, il est sorti. Je crois qu'hier soir il est né là, sur mes lèvres plus que dans mon cœur. Le savais-tu ? Je n'en avais pas la certitude moi-même, je n'en étais pas convaincue, mais je l'ai soufflé à ton oreille. La nuit incite aux murmures autant qu'aux confidences.

Tu t'es esclaffé en me demandant de le répéter. Je crois que c'est là que je me suis décomposée. Qui peut survivre au drame de prononcer deux fois de suite des mots si importants ? Ne les avais-tu pas entendus ? Ou voulais-tu gagner du temps pour préparer ta réponse ? Et moi ? Les avais-je dits pour m'en convaincre, pour te les entendre dire en retour, ou tout simplement parce que je trouvais le décor digne d'une telle révélation ? Un peu des trois, probablement.

À une ou deux reprises déjà, je les avais chuchotés dans ma tête. C'était une jolie musique pour accompagner nos baisers. Penses-tu que j'essaie d'habiller nos moments, de leur donner des titres, des chapitres ? Penses-tu que j'essaie de donner un sens à toutes ces parenthèses, d'en faire une histoire, un tout ? De prendre les petits bouts que je t'offre et les petits bouts que tu m'offres et d'en faire un joli bouquet ?

JE PENSE QUE JE T'AIME.

Je les ai criés cette fois pour les assumer autant que pour dissimuler le malaise dans lequel ta réaction m'avait plongée. Surpris, tu n'as pu réprimer un sourire. Au moins, tu ne pouvais plus prétendre ne pas les avoir entendus. Comme tu ne parlais pas, je me suis demandé si tu riais de moi, de la première ou de la deuxième partie de la phrase. Tu m'as alors répondu que tu pensais que toi aussi, mais que tu attendais d'en être certain avant de prononcer ces mots, parce qu'ils étaient lourds de sens pour toi.

Je suis peut-être plus forte que toi.

j'ai échappé un je t'aime
mais tu ne l'as pas attrapé

on dit histoires d'amour
c'est peut-être parce qu'on aime
se les raconter
parfois même plus
que les vivre
combien de moments présents
pleinement savourés
pour tous ceux rêvés
ou regrettés ?

Lundi 24 février 2020

Montréal, 8 h 39

Il fait bon revenir dans mes affaires. Dans ma solitude mesurée, choisie. Hier, j'ai visité ma sœur et ma grand-mère, et j'ai pleuré avec les deux. À la question comment se sont passées tes vacances, je n'ai pas réussi à dire que tout était parfait. Ma gorge s'est nouée, et l'évocation de J. m'a fait pleurer. Cette douleur est encore présente, lancinante et invisible. Ma sœur dit que j'ai été tellement occupée à gérer son deuil que je n'ai pas eu le temps de vivre le mien. Peut-être. Ça tombe sous le sens. Mamie a presque ri de moi. « C'est normal… ça ira. » Son sourire rempli de sagesse m'a rassurée. Complice, j'ai l'impression qu'elle voit des choses que je ne vois pas. Son évocation me tire une larme aussi, je sais qu'elle ne sera pas là éternellement. À quatre-vingt-treize printemps, je me compte chanceuse de l'avoir toujours à mes côtés. Je lui ai dit que je ne savais plus trop où j'en étais. Que j'avais l'impression d'avoir besoin d'un petit pas de recul. Elle a ri et m'a rassurée sur le fait qu'elle aussi prenait parfois congé du monde. Deux ou trois jours par mois, elle ne descend pas à la cafétéria pour dîner. Elle fait monter son repas, elle reste chez elle. « En congé ! » s'exclame-t-elle. Faire de belles façons, discuter avec tout le monde demande de l'énergie. C'est un congé de vie publique ! Ces mots me parviennent et font mouche. Je sais que je suis comme elle. « Je reste en pyjama, je n'ai pas à me coiffer ni à parler à personne. Je recharge les batteries. »

À quatre-vingt-treize ans, elle est toujours d'une élégance bluffante, mais elle prend parfois des jours fériés. Je la trouve admirable d'avoir cultivé cette attitude toute sa vie. « J'en avais besoin ! Une fois, ton grand-père m'a envoyée à Honolulu. Je n'en pouvais plus, je devais faire une pause. Quand je suis revenue, il m'a dit que je ne pourrais pas toujours partir dix jours parce que les enfants avaient besoin de moi, mais trois jours chaque année au moins, on s'évadait. Des fois, on restait à Montréal, on louait une chambre d'hôtel, on marchait dans les magasins, on allait au musée, au restaurant. Les gens disaient à ton grand-père qu'il prenait souvent des vacances, mais c'est moi qui les réclamais. » Cette femme, qui a pourtant grandi dans un autre siècle, me ressemble terriblement. J'aimerais pouvoir traverser toutes les périodes de ma vie avec elle. Pour bénéficier de ses conseils et de son amour. J'aimerais vivre toutes mes épreuves d'avance pour que son sourire rempli de sagesse me rassure, et qu'elle me dise : « C'est normal… ça ira. »

tu as laissé
sur mon corps
des promesses
que tu n'as pas
tenues

Dimanche 1er mars 2020

Montréal, 8 h 52

J'ai acheté des tulipes jaunes. Elles sont belles. C'est le printemps qui est entré chez moi. Il a fait quatre degrés samedi, on aurait dit que l'hiver s'en allait ! Les gens sortaient, les cafés étaient bondés. J'adore cette effervescence ! La joie, tel un virus contagieux, s'insinue dans un périmètre géographique et touche toutes les personnes qui s'y trouvent.

Aujourd'hui, le soleil est toujours au rendez-vous. On annonce cinq degrés ! Paul est encore au lit, récupérant de ses courtes nuits à Toronto pour le travail. Il est arrivé ici hier soir et j'étais tellement heureuse de le retrouver. Comme si mes deux jours de peine et de mise à niveau m'avaient permis de retomber sur mes pattes, de pouvoir vraiment me consacrer à lui, ici, maintenant. Je suis comme une bête blessée, je me cache pour panser mes plaies. Le faire en étant observée, en vivant un bonheur similaire à celui que je regrette est trop souffrant. Mais hier, quand Paul est arrivé et qu'il m'a enveloppée de ses bras en ancres, j'ai cessé de me poser des questions. J'étais toute à lui.

la marée
a ses hauts
et ses bas
la nature
n'est jamais
d'humeur égale
pourquoi alors
nous le demander
à nous les femmes ?

Mardi 3 mars 2020

Montréal, 8 h 24

Two Paper Moons de Matt Holubowski joue dans la cuisine. Paul est étendu sur le futon de Rosanna, déjà au travail. Je me glisse entre les lignes de ce cahier comme dans les couvertures tièdes d'un lit défait. Le réconfort que j'y trouve m'apaise de la même façon. Le crayon qui glisse fait apparaître les mots, souvent déformés par les maladresses de mon urgence, mais ils sont là quand même.

La parenthèse du Costa Rica est déjà un souvenir. C'est comme si Montréal était le véritable théâtre de notre idylle. C'est peut-être la ville qui nous unit finalement. Elle nous ramène l'un vers l'autre, nous recolle. Nous n'avons pas reparlé de ma déclaration, mais un certain équilibre est revenu entre nous. Nous travaillons beaucoup tous les deux et nous nous retrouvons avec plaisir à la fin de nos journées marathon. Je me suis remise à l'écriture, je planche sérieusement sur un roman qui m'emballe. C'est un gros défi qui demande de la discipline, heureusement je n'en manque pas.

Je ne sais pas si c'est parce que Paul a la liberté de pouvoir dormir seul, mais il passe la majorité de ses nuits chez moi. Quand il ne vient pas, il m'invite souvent à le rejoindre, même à la dernière minute, prétextant que sa peau s'ennuie de la mienne, ou que j'ai sûrement des pieds gelés à coller quelque part de façon déplaisante. L'argument des orteils au chaud fonctionne à tous les coups. Il est inutile. La vérité c'est que j'ai toujours envie de terminer mes journées auprès de lui. Avec ou sans *Je t'aime*.

c'est quand tu essayais d'être sérieux
quand tu te fâchais ou
quand tu essayais de m'expliquer
des choses compliquées sur ton travail
que j'avais le plus envie de toi

– esprit de contradiction

Samedi 7 mars 2020

Montréal, 14 h 46

Quand j'ai peur de te perdre, le temps se suspend. Où es-tu ? Loin dans tes pensées ?

Les miennes te sondent, elles sont orientées vers toi. Pas dans le moment présent, sauf quand tu es ici avec moi. Ta présence raccourcit leur course. Il n'y a que toi qui as le pouvoir de me camper dans l'instant. Depuis notre voyage, tes absences pèsent davantage. Avant, elles signifiaient seulement que tu étais ailleurs. Aujourd'hui, je me demande si elles n'évoquent pas plus que des silences. Quand tu n'es pas là, tu n'es *plus là*, ou *pas encore là*. Mon esprit nostalgique de la dernière fois espère la prochaine.

Même quand tu es ici, je cherche à m'expliquer la distance entre nous. C'est la première fois que j'ai peur avec toi.

Mon instinct ne peut pas se tromper à ce point-là, je me dis. Il n'est pas anxieux d'habitude, mon instinct, il est juste heureux et m'encourage plutôt à profiter sans laisser un doute se profiler, comme maintenant. Avec J., jamais je n'ai été inquiète. J'étais en confiance et aimée dans la démesure. Avec Paul, j'ai l'impression que c'est le contraire : constamment dans le doute et appréciée dans l'économie. On s'habitue aux déferlantes d'amour, mais jamais à leur disparition.

m'aimes-tu ?

Mardi 10 mars 2020

Montréal, 20 h 02

Il y a, au creux de mon ventre, cette urgence de créer. Une boule, lourde, brûlante, que je traîne avec moi d'une pièce à l'autre de l'appartement. La brûlure monte parfois jusque dans ma gorge. Je ne la déteste pas, au contraire, son élan fait s'emporter ma tête, bouillonner mon désir d'écrire, toujours tapi là, ici. Mais je reste sans voix. Je ressens tous ces mots qui se bousculent, et j'ai tellement envie de les aligner, c'est presque une pulsion, nécessaire, vitale. Oui, c'est vital. Mais l'émotion que je porte est insaisissable. Elle m'échappe. Mon esprit court après elle, un véritable marathon. Ce n'est pas pour rien que, le soir venu, je suis si épuisée. Il court aux quatre coins de ma tête, aussi bien dire aux quatre coins du monde.

Mes idées ratissent large et sont si éclectiques qu'il serait périlleux de vouloir les classer, encore plus de vouloir y mettre de l'ordre. Pas de fil, pas de trame. Des animaux en liberté. La jungle. Un si beau chaos que j'essaie en vain de capter, mais qui peut saisir l'insaisissable?

Je m'efforce de continuer le roman que j'ai commencé, mais au fond je me demande si la bonne histoire ne se situe pas précisément en périphérie de ce travail. Dans son halo. Je me concentre sur lui – j'essaie de me concentrer sur lui – mais j'ai l'impression que c'est là que s'arrête la pertinence de ma démarche. Comme si, dès que je commençais à travailler sur cette histoire, je m'éloignais de la vérité.

Et si je travaillais pour un résultat qui se situe dans le processus ? Tout ça est flou pour moi, et même sans le « L », fou tout autant. Pourtant, en écrivant cette folie ici, elle tombe sous le sens. Plus j'accepte cette idée étrange, plus j'en délaisse l'incongruité. Ce qui me semblait inconvenant devient tout à fait à propos. Une évidence. J'essaie de chasser l'intangible, alors qu'il semble être le noyau de la réponse. Il faut que j'écrive sur ce que je ne saisis pas. Il faut impérativement que j'arrête de fabriquer une histoire alors qu'ici elle s'écrit déjà. Et là, seulement là, les choses tomberont au bon endroit. Simplement.

« L'écriture est un sport de combat.
Elle comporte des risques, elle rend vulnérable.
Sinon, elle ne vaut rien. »

Delphine de Vigan

tu avais peut-être
moins de doigts que moi
pour compter les jours
qui nous séparaient de la fin

Vendredi 13 mars 2020

Montréal, 19 h 52

COVID-19. Petite fin du monde.

Les bulletins d'information ne nous annoncent que des mauvaises nouvelles. L'état d'urgence a été déclaré partout. Toutes les écoles du Québec sont fermées pour deux semaines. Le télétravail est fortement encouragé. Même les chantiers sont interrompus. Ma maison attendra, je ne sais pas pour combien de temps. 2020 sera sans précédent.

Plus tôt, ça m'a pris une heure pour faire l'épicerie, dont cinquante minutes en file pour passer à la caisse. Les gens sont fous et, vraisemblablement, j'en fais partie.

Après le souper hier soir, j'ai enfin réussi à ouvrir la discussion avec Paul à propos de nous deux. Il devenait nécessaire de nommer les choses. Le sujet flottait entre nous depuis notre retour, depuis le « Je pense que je t'aime » qui s'est évanoui tout seul dans notre chambre de San José. Il fallait parler du fait qu'il ne m'en avait finalement jamais lancé un à son tour et qu'on évitait habilement le sujet. Malgré un retour à la normale, le temps qui passait creusait un fossé de plus en plus vaste entre nous. Je me demandais si je devrais pelleter seule pour le remplir, ou si une tempête de sable, aussi inopinée que notre rencontre, pourrait nous éviter la chute. J'ai opté pour la franchise.

À trop vouloir éviter de le brusquer, c'est à moi que je faisais du mal. Même si on la maquillait de glaçage coloré, notre histoire s'étiolait dans des rapports de plus en plus distants. La routine me convient seulement si elle s'accompagne de la présence enveloppante d'un amoureux. Le sexe était de moins en moins passionné aussi. Je pouvais comprendre, mais pas sans les rassurances du cœur. Pas sans un baiser sur le front, une main qui calme les doutes et les tempêtes, pas sans la certitude d'être à deux pour affronter le destin. Très peu pour moi le bonheur en mode économie d'énergie. Je veux les papillons des balbutiements ou la douceur des longs voyages, mais je ne peux sacrifier les deux.

Je lui ai déballé mon petit sac de questions, avec autant de respect et de délicatesse que je l'avais répété dans ma tête. Paul m'a avoué que notre voyage l'avait secoué. Il lui avait rappelé un séjour qu'il avait vécu deux ans plus tôt avec une ex, dans un contexte similaire et à peu près à la même période. Le cadre l'avait replongé dans les souvenirs et toutes ces images l'avaient empêché de s'investir pleinement dans nos moments ensemble. Je ne pouvais que comprendre, J. avait aussi accompagné nos vacances. Nous étions partis à deux, mais nous étions quatre, finalement. Ceci dit, moi je ne lui avais pas caché la présence récurrente de J. dans mes pensées. Aussi ma rupture était beaucoup plus récente, alors qu'il avait quitté sa dernière flamme des mois plus tôt. Le regrettait-il? Non, m'avait-il assuré, seulement cela l'obligeait à se questionner, à se demander s'il était prêt à s'investir dans une nouvelle relation... Il ne m'avait pas parlé de ces réflexions pour ne pas m'inquiéter, et si ses questionnements demeuraient toujours sans réponse, il avait la certitude, insistait-il, qu'il était bien avec moi.

Je lui ai proposé qu'on cesse temporairement de se voir le temps qu'il soit fixé. Pas que j'avais envie de m'éloigner, mais tant qu'à s'imposer une distance, autant qu'elle soit assumée et bien exploitée. Paul a rejeté en bloc cette proposition. Ce n'était pas une option pour lui, il voulait que je sois dans sa vie. On a conclu qu'on se verrait un peu moins souvent, mais mieux. Les deux parties semblaient satisfaites de ce dénouement, et on s'est quittés avec la promesse de se revoir le lendemain.

Honnêtement, cuisiner pour lui ou simplement dormir à ses côtés ne m'intéressait pas s'il n'était pas convaincu de pouvoir s'investir dans une relation. S'il considérait la possibilité de n'être qu'un amant, encore devait-il en assumer les fonctions. Aussi fallait-il le faire payer un peu : un « Je t'aime » laissé sans réponse. N'est-ce pas la pire des injustices ?

ton absence
près de ma peau
n'a pas réussi
à apaiser
les doutes
que tu as semés
au creux de mon ventre
c'est le contraire
ils grandissent
sans que je les arrose
ils me blessent en poussant
presque autant
que ton indifférence
je me demande s'il n'est pas trop tard
pour les déraciner
sans arracher mon cœur

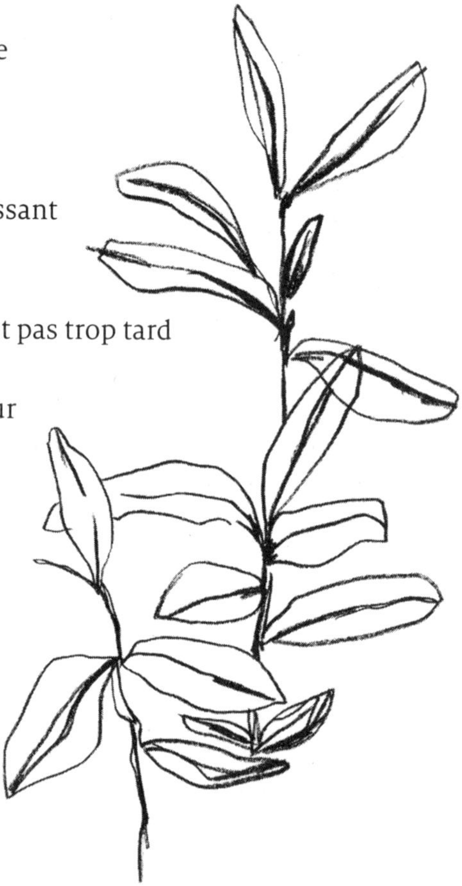

Dimanche 15 mars 2020

Montréal, 14 h 31

Ambiance funeste, la ville est déserte. Comme si la Terre avait suspendu sa course un instant. Qu'elle avait arrêté de tourner et le monde entier de bouger. Chacun se sent un peu captif des règles imposées par un phénomène plus grand que nous. Nous sommes en prison, isolés dans nos appartements respectifs en espérant que la tempête passe...

« *At the end of, at the end of the world.*
Would you find me ? Would you find me ? »

Ingrid Michaelson

Pour l'heure, ma liberté n'a plus beaucoup à voir avec les voyages. Elle s'incarne dans une marche au grand air, quand le ciel accepte de lever ses murs drus de pluie pour nous laisser sortir. Juste le temps de prendre une grande bouffée d'air frais et d'observer les arcs-en-ciel collés aux fenêtres surmontant des slogans d'espoir, sans trop savoir si on y croit.

Avec Paul, c'est l'accalmie. Dans tous les sens. Hier on a passé l'après-midi et la soirée ensemble. C'était un genre de *date*. C'était censé être cool, mais c'était juste étrange. On a marché sur le mont Royal, il faisait grand soleil, il y avait beaucoup de monde, comme j'en ai rarement vu là-haut. On est redescendus par l'avenue des Pins. On a parcouru dix kilomètres au total avant d'aller souper au India Rosa. Tout ça résumé ici semble idéal, adorable, romantique. Ça ne l'était pas. J'avais le cœur sens dessus dessous. Sans doute était-il en quarantaine, lui aussi. C'est comme si je m'étais détachée de Paul, en si peu de temps.

Notre discussion avait eu lieu à peine deux jours auparavant, mais ces deux jours ont été peuplés de silences et habités d'incertitudes auxquelles je n'ai trouvé aucune réponse encourageante. Je crois que je me détache de ce qui peut me faire du mal, une sorte d'autodéfense inconsciente. Pourquoi ai-je tant besoin de me protéger par anticipation ? Je n'aime pas envisager le pire, mais ma tête le fait pour moi, que je le veuille ou non.

Paul a abordé le sujet à la fin du souper. Il semblait triste. Il ne comprenait pas pourquoi j'étais si distante, il me trouvait changée. Comment faire autrement ? Moi, ça faisait des semaines que je le trouvais changé. C'était comme si notre dernière discussion avait cristallisé mes doutes, comme si mon cerveau se murait doucement et distillait l'incertitude dans chacun de ses hémisphères. J'avais commencé à me détacher par précaution. P. semblait troublé de ce dénouement. Personnellement, je me sentais plutôt calme. La déception était arrivée bien plus tôt dans mon cas, j'imaginais qu'elle passerait plus vite aussi. Je lui ai expliqué tout ça. Qu'après l'évocation de ses doutes, ma tête avait considéré la fin comme une éventualité, chose qu'elle n'avait jamais faite avant. Elle s'était préparé un petit bagage pour être prête à partir. Le problème avec les bagages, c'est que ça rend le départ plus concret. Plus plausible aussi. C'est un pas de plus vers la porte. Paul a eu l'air consterné par cette révélation. En marchant dans la rue, nos intermèdes silencieux en révélaient plus que nos conversations. P. a fini par me dire qu'il n'osait pas le faire, mais qu'il avait envie de me serrer dans ses bras et de m'inviter chez lui pour regarder un film, collés. J'ai accédé à sa demande. J'en avais moi aussi envie, là n'était pas la question. On n'a jamais vu la fin du film. On s'est endormis vingt minutes après le début, épuisés de nos silences. Je profitais de la présence de Paul, même si j'avais l'impression d'être en sursis.

Si un jour mon cerveau et mon cœur s'affrontaient en duel, mon cerveau gagnerait aisément. Il est plus fort que nous tous. Quand vient le temps de me détacher, c'est un allié imperturbable. Il se met en route avant moi, il plie bagage pour deux. «*Était-ce vraiment* ce que tu voulais, de toute façon?» «Penses-tu vraiment que tu ne peux pas te passer de lui? Tu y arrives très bien là, pourtant.» Ce mélange d'orgueil, de protection et de réelle indépendance forme un alliage puissant. Il affecte d'abord mon cœur, qui, dès les premiers battements, propage gaiement ce parfum de désillusion dans tout mon corps. «Qu'ont-ils de si spécial, ces bras-là? Et ces mains? Toutes les mains ne procurent-elles pas un minimum de réconfort, lorsqu'elles se posent sur une épaule? Les doigts qui parcourent un corps n'ont-ils pas tous une certaine agilité? Et si ce n'est pas le cas, leur magnitude et leur densité ne peuvent-elles pas compenser cette inhabileté?»

Est-ce que j'essaie de me convaincre ou, réellement, la réponse est non? Je n'ai pas besoin de lui. Le problème c'est que j'ai rarement capitulé face à l'amour, je n'ai jamais décrété que j'avais besoin d'un homme. Je crois que c'est pourtant l'objectif même de la chose. Sauf dans ma tête. C'est là que se joue tout mon drame.

C'est amusant d'ailleurs, de se pencher sur l'accord du mot *amour* : il est masculin au singulier et féminin au pluriel. Est-ce que cela aurait quelque chose à voir avec nos prédispositions biologiques ? Les voies du Seigneur sont impénétrables, certaines règles grammaticales aussi.

J'aimerais être aimée aussi fort que je l'ai été par J. et éprouver précisément la même chose en retour. Est-ce que les grandes passions peuvent être équitables et réciproques ? Est-ce que Frida Kahlo et Diego Rivera se sont aimés de cet amour-là ? Comment pouvait-elle lui pardonner ses infidélités à répétition ? Est-ce que l'amour est toujours plus fort que les blessures que nous inflige celui qu'on aime ?

> « J'ai toujours envie de me suicider. Seul Diego m'en empêche. Car j'imagine que je pourrais lui manquer. »
>
> Frida Kahlo

Oui, en ces temps apocalyptiques où le monde se dérobe, où l'on a l'impression que la chance nous sourit d'être là, encore là, de survivre à cette folie, n'est-ce pas ce dont nous avons tous envie, une folle histoire d'amour ? La tiédeur de P. me déçoit.

tu songes à déserter mon corps
comment peux-tu t'imaginer
ne plus jamais le revoir
et tourner les talons quand même ?

Mardi 17 mars 2020
Montréal, 12 h 53

Latté numéro 2. Le premier avait été pris chez Paul.

Je ne dois pas lui dire que je suis encore amoureuse de lui. Mais au moins là, je l'ai admis. C'est comme ça que je me sens en tout cas. J'ai fait taire mon cerveau et démantelé ses barricades. Mon cœur est sous haute surveillance et bénéficie de sa protection militaire: mes chagrins d'amour l'ont préparé pour la guerre. À la moindre détonation, il est prêt à faire feu. Je ne peux pas lui en vouloir de ses automatismes. Je dois juste, doucement et avec bienveillance, les dissoudre.

Je m'impose donc la patience, et je donne une chance à Paul. Je nous donne une chance. Je me sens mieux le cœur heureux d'emballements moins fréquents que dans l'arrêt. Le début de la semaine a été pavé de doutes et d'impressions de repli de sa part. En dépit de mon instinct en alerte pour un oui ou pour un non, je dois aussi écouter ce qu'il me dit. L'angoisse de songer à tout ce qu'il ne dit pas ne me mène à rien. Paul a nommé ses doutes et connaît les miens, et chaque fois que je sens monter mes inquiétudes, il les rassure. J'imagine que l'amour c'est aussi ça, continuer malgré les incertitudes. S'aimer quand même, malgré elles, malgré tout.

Ce midi, je rentre chez moi rassérénée. Nonobstant la crise mondiale et les frontières qui ferment, l'état d'urgence sanitaire décrété partout et l'année scolaire annulée d'un océan à l'autre, oui, malgré tout ça je me sens légère. Être confinée est moins difficile quand c'est dans le bonheur plutôt que dans le ressentiment. J'ai envie d'écrire.

comme un tricot
tu me gardais au chaud
mais tu avais
plus de mailles
à l'envers
que de mailles
à l'endroit

Mercredi 18 mars 2020

Montréal, 20 h 53

Ce matin, j'ai changé les meubles de place dans l'appartement de Rosanna. Ce ne sont pas les miens, mais qui a dit qu'on devait nécessairement se mouler à l'organisation d'autrui lorsqu'on emprunte sa maison? Je m'accorde donc le droit de changer le décor. Ce simple geste m'a connectée avec mon environnement comme jamais je ne l'avais été jusque-là. Comme si les objets, domptés, placés, dirigés, acceptaient de m'offrir le meilleur d'eux-mêmes. Telle une marque de respect, ils étaient maintenant soumis à moi, heureux de pouvoir servir celle qui les avait assujettis, à l'instar d'un guerrier qui aurait vaincu le chef d'une tribu et aurait naturellement pris sa place.

J'aime avoir l'impression que les meubles eux-mêmes se sont sentis revigorés par ce changement. Peut-être qu'ils apprécient la vue, là où ils sont, et qu'ils voient la vie un peu différemment. C'est ce dont j'avais besoin aussi, je crois. On sort tous gagnants de ce rafraîchissement. Que ce soit mieux ou pas n'a pas d'importance. Ça fait du bien, et l'air du printemps y circulera différemment. Ça sent déjà bon.

joue-moi encore
je l’aimais cette mélodie

Vendredi 20 mars 2020

Entrelacs, 13 h 47

Le brouillard ajoute un filtre opaque sur le paysage, nous confine doublement dans nos maisons. Il empêche même notre regard de s'évader par les fenêtres, de partir loin à l'horizon. Le ciel est couvert et on ne distingue pas précisément l'endroit où il naît, entre la neige accumulée, la brume et les nuages. Un fondu au blanc qui ne laisse que deux bouleaux et quelques sapins en avant-plan. Un écran d'arbres entre ma fenêtre et le monde. Il y en a d'ailleurs trop, ces jours-ci, des écrans. J'essaie de les fuir, mais ils m'attirent comme un aimant. Je n'arrive pas à me consacrer à la lecture ou à la cuisine, un sentiment d'urgence m'habite, j'ai besoin d'écrire. Il faut que j'écrive.

J'ai trois romans amorcés, je n'arrive à me consacrer à aucun entièrement. Comme si la situation extraordinaire actuelle exigeait que je délaisse le programme établi, absolument, impérativement, et que je témoigne du monde tel qu'il évolue en ce moment. Ces chamboulements sont tellement gros qu'ils méritent qu'on s'y attarde, qu'on les raconte, et pourtant ça me semble la chose la moins originale qui soit. Tout le monde essaie de garder des traces de cette crise sans précédent, tout le monde essaie de nommer et de partager son expérience. Les réseaux sociaux n'ont jamais si bien porté leur nom. Alors même que nous sommes empêchés de nous voir, la place des rencontres virtuelles n'aura jamais été aussi centrale, et l'intérêt de ces tribunes, justifié. Je ne dis pas que tout ce qui s'y raconte est pertinent, ni même juste, mais cette possibilité de tromper l'ennui et de se raconter çà et là semble franchement précieuse pour beaucoup de gens.

J'admire les groupes qui se créent, les liens qui se solidifient. Il semble que ce soit tout ce qu'il nous reste pour surmonter la solitude. Pour ma part, je me trouve privilégiée d'être si bien ici, et d'avoir cet espace à moi qui me permet de tourbillonner entre les quatre murs de mon appartement sans avoir à me heurter aux libertés des autres.

Chacun a sa façon de tromper la mort. Le silence. La douleur. Moi j'éparpille mes sentiments ici, ça ne coûte rien, ça ne blesse personne et c'est si libérateur. Je me sens toujours un peu plus légère d'avoir couché mes pensées sur le papier et de savoir que je serai peut-être lue par d'autres qui se reconnaîtront dans mes mots. Les voir s'aligner sur la page me rassure, sur le fait que le temps passe, mais que j'en mesure concrètement l'effet, que je ne suis pas juste là, à le regarder filer, à m'inquiéter de son passage et de la vitesse à laquelle il défile normalement. Je m'accorde de l'espace, du temps, un verre de vin le midi, du gâteau que je cuisine moi-même, de la musique à écouter les yeux fermés, des siestes… Tout ça est nécessaire à mon équilibre, dans cet interminable temps d'arrêt qui dure depuis plus d'une semaine pour le monde entier. Cependant, le climat actuel crée aussi une euphorie qui m'électrise, comme un puissant désir de vivre. De sorte que je ne peux pas complètement me laisser aller dans cette grève du quotidien. C'est musculaire, viscéral, même mon souffle, par moments, s'emballe et ne valse plus au rythme régulier que mes poumons imposent.

Mes sens n'ont pas envie d'être utilisés comme à l'habitude, ils ont envie de décrocher, eux aussi. De faire changement. De redistribuer les cartes et de recommencer à jouer autrement.

ton immensité me manque

Samedi 21 mars 2020

Entrelacs, 21 h 34

J'ai la forte impression que tu vas me briser le cœur. Cette peur existe depuis que je t'ai avoué que je t'aime et que tu ne m'as rien avoué en retour. Parfois, quand ta présence allège mon cœur, je l'oublie ; mais quand je te sens plus distant, ce poids se réincarne, et réapparaît comme il était disparu sous ta tendresse. Mon dos ploie sous le poids de la charge. Je préférerais tellement qu'il se courbe dans un frisson de plaisir, sous celui de ton corps qui embrase le mien.

Il y a quelque chose de beau dans ce vertige, j'imagine qu'il s'apparente à celui que s'imposent les parachutistes. La crainte vaut bien le bonheur qui suit le grand saut. Des fois c'est une question de secondes entre être bien ou pas. Je crois que c'est le problème de cet amour consumant ; le funambulisme qu'exige cette marche vertigineuse demande une telle dévotion. La fine ligne entre le bonheur et la possibilité de tout perdre est si ténue qu'il est pratiquement impossible d'y garder l'équilibre sur la durée. Il faut que ça tombe, un jour. Que les choses se mettent en place et allègent le corps de cette gravité multipliée quand on se jette dans le vide. Il y a quelque chose d'apaisant lorsque tout reprend sa place. Peu importe où elle est.

Je ne sais plus combien de temps je pourrai supporter ta distance.

quels sont tes sentiments ?
les miens hurlent
ton cœur chuchote
un monologue de l'amour
ne m'intéresse pas

Mardi 24 mars 2020

Montréal, 10 h 27

Confinement jour je-ne-sais-plus-combien. Les jours se confondent, de toute façon ils n'ont plus d'importance. Tout est annulé maintenant, même les dernières séances d'enregistrement de voix qu'il me restait à l'horaire.

Tous les commerces « non essentiels » sont fermés. Les boutiques, les cafés... Même les salles à manger des McDonald's, Tim Hortons et Starbucks du pays sont fermées, c'est tout dire...

Mon ami Joey m'a téléphoné d'Australie hier soir. Tous les évènements où il devait jouer ont été annulés. Là-bas aussi le pays a été mis sur pause. On a discuté une bonne heure de tout et de rien. On s'écrit tous les mois, mais ça faisait longtemps que je ne l'avais pas eu au téléphone. J'étais heureuse d'avoir de ses nouvelles, et lui ai partagé les miennes. On a parlé de mon livre qui n'avance pas aussi vite que je le voudrais. Comme mes amours, mais ça il le savait déjà. Il m'a raconté plus en détail la situation similaire qu'il a vécue avec Olivia, sa dernière fréquentation. Elle ressemblait en tous points à la mienne, mais lui avait rompu le mois dernier. On avait vécu les mêmes dilemmes. Lui avait choisi de partir. On s'est promis de se rappeler très vite. De toute façon, on est confinés tous les deux, chacun à notre bout de la planète. C'est si étrange, cette situation où tout le monde est à l'arrêt. Une pédagogique flottante de tempête de neige pour l'humanité.

Malgré tout, je suis étonnamment bien dans ce ralentissement. Comme si la société, tout entière arrêtée, me dédouanait de le faire aussi. Comme si j'avais la permission de l'État pour rester en pyjama et me reposer, allumer la télé (le point de presse du premier ministre, à treize heures tous les jours, est particulièrement enlevant) et flâner. Je médite, je lis les journaux, j'écris un peu. Ce temps libre, alors que nous ne le sommes pas, est le bienvenu pour moi.

« *I know, you know, we know*
We weren't meant for each other and it's fine
But if the world was ending
You'd come over, right ? »

JP Saxe

tes sentiments s’étiolent
et s’envolent
comme des feuilles
en automne
je le sens ton hiver
qui s’installe
même quand je me colle
tu n’arrives plus
à garder mon cœur
au chaud

Vendredi 27 mars 2020

Montréal, 10 h 07

Mon heure préférée. Les chiffres de la journée sont jolis, ils sont de bon augure. C'est drôle, je réalise que j'écris aussi vite que je marche. Dans l'urgence. Toujours plus vite, je cours toujours. *Tu peux toujours courir…*

Même dans ce petit moment à moi, je cours. J'aimerais être dans la détente, je suis dans l'urgence. Je vais vite à en faire des fautes, à escamoter des lettres, à barbouiller des mots que j'arrive à peine à relire, et pourtant j'ai tellement de mal à ralentir ! Ces jours-ci je médite, ça m'aide un peu, ça m'oblige à me poser, mais même pour dix minutes j'ai du mal.

Énième café, le dernier que j'ai préparé est un décaféiné, ça donne une idée. Même celui-là est bon avec ma nouvelle machine espresso. Je l'aime, et la cérémonie qui accompagne la préparation de la boisson me plaît plus encore. Il fait très beau ces jours-ci. Dix degrés aujourd'hui, grand soleil. Ce matin, avant même d'ouvrir les yeux, j'ai entendu une envolée d'outardes fendre le ciel et le silence. Puis une autre. Puis une autre. Quatre en un peu plus de quinze minutes. Faisaient-elles le voyage ensemble ? Se montraient-elles la voie ? Leur passage est un tel symbole de liberté, dans le contexte actuel son effet est décuplé. Je suis certaine que toutes les solitudes de la ville ont les yeux rivés sur elles, émues par cette image d'espoir. Les oies sont certainement les seules à pouvoir passer d'un pays à l'autre avec tant de facilité ces jours-ci, et lorsqu'on lève les yeux au ciel, on se surprend, comme quand on était gamins, à vouloir voler, nous aussi.

Mis à part les oiseaux qui dynamisent son portrait figé, la ville a plutôt l'air d'une nature morte. Elle n'aura sûrement jamais vu si peu de monde investir ses rues après la fonte des neiges. Un printemps avec personne dehors, quelle drôle d'affaire. Devant cette contingence, nous faisons tous les choses différemment. J'adopte les modes solitaires. Cette semaine, entre les séances d'écriture, j'ai mitonné mes premiers pains maison. Quelle fierté de voir son pain lever ! Puis de mordre dans une tranche, après des heures de préparation. Un bonheur, pour soi et à partager.

Aujourd'hui, je me replonge sérieusement dans le boulot. Écriture toute la journée. Ce soir, j'espère un souper avec Paul, des épisodes de Fleabag et quelques ébats. Le confinement ne va quand même pas nous restreindre ; il ne nous reste plus que ça !

est-ce que les oiseaux
qui traversent seuls le ciel
envient les outardes
autant que j'envie les amoureux ?

j'en voulais
au colosse
que tu étais
qui avait élargi
mon cœur
avant de le quitter
je n'avais pas réalisé
qu'avec son agrandissement
il avait encore plus de place
pour aimer

22 h 39

Douze heures plus tard, tous mes espoirs basculent. D'amour. De printemps. P. m'a quittée tout à l'heure. Venu pour m'emprunter mon thermomètre d'abord (quelle ironie !), il a pris sa température sur le balcon pendant que je l'observais de l'autre côté de la porte vitrée. Rassuré sur le fait qu'il ne faisait pas de fièvre, mon amant hypocondriaque est entré chez moi. Rassuré, mais pas rassurant. J'avais du blanc d'ouvert, on a pris un verre sur le balcon. Au soleil. Un semblant d'été. Il y a eu les voisins qui sortaient, quelques discussions volées à distance raisonnable. Le soleil disparu, P. commençait à avoir froid. On est rentrés. Il s'est dirigé vers l'évier et a lavé son verre de vin. J'aurais dû me douter. Je lui ai demandé ce qu'il avait envie de manger pour souper. Il s'est retourné avec un regard à faire tomber en ruine toutes les constructions d'amour du monde. « Je ne sais pas si on va manger ensemble... Il faut qu'on parle. »

Cette phrase.

Ce n'est pas la première fois que je l'entends, et pourtant elle me fait toujours le même effet : chute libre. C'est l'image qui représente le mieux l'impact de ces quelques mots sur moi. Le froid qui m'enveloppe. Le vide surtout, immense dans la poitrine et sous mes pieds. Le sol qui se dérobe. Un engourdissement du cœur. Éphémère. Il n'y a que la douleur qui perdure dans le temps.

Quand le corps chute ainsi, c'est la tête qui prend le relais. Selon un rapide calcul, il me semble évident qu'elle ne peut pas tenir le coup très longtemps :

Poids moyen de la tête d'une femme : environ 5 kg
Poids moyen du corps d'une femme : environ 63 kg

63 – 5 : 58 kg à porter. C'est une évidence que la recette ne peut pas tenir sur la durée. Mais en mode survie, l'humain peut faire des miracles. C'est toute une science, les peines d'amour : on n'a aucune formation, mais on en traversera tous. On les gère à l'instinct. Survie en forêt du cœur. Ma tête prend le relais pour un temps.

Il faut qu'on parle.

L'avantage de cette formule de quinze lettres, c'est qu'elle annonce tout sans qu'il soit nécessaire d'ajouter moult compléments. Le reste n'est que détails, pacotilles et précisions. Pour panser ses plaies avec du contenu et pas juste des suppositions. L'amant hypocondriaque a enchaîné : « Tu m'as demandé d'y réfléchir, je l'ai fait, et je réalise que ça ne peut pas continuer, nous deux. Je vais te dire pourquoi, tu mérites des explications. » Oh, merci, c'est très délicat de ta part. « Depuis le Costa Rica je pense toujours à mon ex. » Bon ! Ça a le mérite d'être clair. De toute façon, pas le choix d'être le capitaine de l'humilité quand tu te fais larguer de façon si impériale. Aussi bien être le capitaine de quelque chose, et clairement, ce n'est pas de l'équipe gagnante. Échec et mat. Tu as intérêt à rester calme et polie ; on déteste tous les mauvais perdants.

J'ai écouté sagement, stoïque, avec cet air de fille qui savait, au fond, mais qui était aussi surprise du dénouement irréversible. Tous mes traits se monopolisaient pour dire « Je comprends », mais ils devaient sûrement avoir l'air, au contraire, de supplier. « Mais pourquoi ? » La vraie question, c'est surtout « Mais pourquoi ne pas me l'avoir dit plus tôt ? » Après toutes les perches que je lui avais tendues ? Ça faisait plus d'un mois qu'on était revenus, bon sang !

Au fond, c'est tout ce que j'aurais voulu savoir, mais il a enfoncé le dernier clou dans le cercueil. « Je pense tout le temps à elle, et à travers toute cette histoire de confinement, je réalise que la seule personne avec qui j'ai vraiment envie d'être, c'est elle. » Super. Je n'ai pas demandé plus amples informations… C'était déjà suffisamment étoffé. J'avais compris. Même trop, en fait. Mais n'est-ce pas mieux ainsi que le contraire ? Je le crois. Je tournerai plus facilement la page en connaissant la violence de la fracture, sans réparation possible.

Il m'a dit : « On peut se coller un peu, prendre le temps… » Se coller ? Le temps de quoi ? D'étirer la douleur ? De goûter encore un peu ce fruit défendu qui me manquera cruellement dès qu'il aura refermé la porte, et ce, pour le restant de mes jours ? À quoi bon ? En avait-il besoin, lui ? Avait-il besoin, encore une fois, de sentir que j'avais besoin de lui, jusqu'à la fin ? J'ai décliné son offre et il s'est levé du canapé, résigné. C'est ainsi que finirait notre histoire ? Dans un triste silence, sans que je l'escorte à la porte ? « Bon », a-t-il déclaré dans l'entrée, dans l'attente d'une politesse de ma part, alors que je restais immobile sur le divan, chassant le raz-de-marée de larmes qui s'étaient manifestées et qui avaient envie de jaillir comme un geyser. Je me suis levée et l'ai rejoint, rassemblant mes forces, regagnée par mes bonnes manières. « Ouais », ai-je lâché en croisant mes bras pour conserver ma chaleur. « Bye », je lui ai dit en guise de conclusion. Je n'avais plus la force ni pour les politesses ni pour les fioritures. La tête qu'il faisait... Il avait l'air si désemparé, complètement démonté que ça se termine sur cette note. Mais à quoi s'attendait-il ?

Je me suis avancée et je l'ai serré dans mes bras, plus pour lui que pour moi. Ce grand vide était tellement lourd à assumer, surtout qu'il n'avait jamais été là entre nous. Jamais si vaste, jamais si grand. C'était comme un pied de nez au vide, cette étreinte. Un pied de nez au malaise plutôt qu'un acte désespéré, qu'une ultime quête d'affection alors que je ne voulais plus de ses bras depuis au moins dix minutes, depuis les paroles incisives qu'il avait proférées au salon, depuis l'impardonnable prononcé « Je ne pense qu'à elle ». Qui voudrait entourer d'attentions affectueuses celui qui nous a caché si égoïstement un tel secret durant tant de jours et tant de nuits ? C'était un secret d'État, et cinq semaines, c'est une décennie quand on n'aime plus. Comment vouloir du réconfort d'un amour perdu, lorsqu'il a déjà ses souliers aux pieds, prêt à tirer sa révérence pour de bon ? Il était déjà prêt à prendre la fuite après m'avoir concédé ses explications. Que demander de plus ? Un rappel ? Les rappels, c'est pour les paumés qui en veulent plus pour leur argent. Le spectacle est fini. Le rappel n'est qu'illusion, comme le dernier mois de mon histoire avec P. La fin avait assez duré.

J'ai mis *Come away with me* de Norah Jones. L'album pansement par excellence. Une berceuse vers la vie plus douce et la joie tranquille d'exister – idéalement le soir avec un verre de vin. J'ai allumé trois bougies, rien de trop beau pour la classe ouvrière. Les anniversaires ont leurs chandelles, les ruptures leurs bougies.

Je les allume comme des cierges, je suis moins seule. Je vois mon agenda qui traîne, j'enregistre la date dans ma tête. 27 mars. Je suis curieuse de savoir ce que je faisais les 27 mars des années précédentes. Sûrement des choses banales. Les dates ne peuvent pas toutes être lourdes de sens, chaque année. Pourquoi suis-je à la fois soulagée et complètement déboussolée par cette fin ?

le verdict est tombé
en même temps que la nuit
tu ne m'aimes plus
je le sentais
comme on sent
que l'automne s'installe
je voulais tellement
posséder encore l'été
savourer sa chaleur
alors que tant d'autres
s'en plaignent
ils la regretteront
bien assez vite
je t'ai regretté
tout de suite
d'un coup
c'était l'hiver
tout mourait
à commencer par notre histoire

23 h 04

Il m'avait pourtant prévenue que l'engagement l'effrayait. Était-ce une peur bien réelle ? Ou lâchait-il cette confidence dans toutes ses relations comme on installe une sortie de secours, éparpillant çà et là des indices de sa flemmardise, savamment choisis pour se dédouaner de ne pas y mettre les efforts ? Malgré le fait que j'avançais en connaissance de cause, la réalité ne rencontrait pas la théorie.

Comment plonger dans une relation sans trop se mouiller? C'est impossible. À trop se protéger, la relation se termine et persiste le doute éternel que c'est parce qu'on ne s'est pas suffisamment investi. Qu'on n'y a pas mis tout notre cœur. Je préfère le grand plongeon à la découverte timide et en surface de la pointe des pieds dans l'eau. Je ne serai jamais une amoureuse à temps partiel.

Ce qui me fait mal, c'est que j'ai tout partagé avec lui. Je lui ai montré mon chalet dans le bois, ma vulnérabilité, mes peines, ma rupture avec J., mon indépendance et ma dépendance, ma reconstruction, mon nid temporaire, mes projections, mes doutes, mes folies. Je lui ai révélé ma fragilité, mes mauvais plis du matin et du soir, mes pyjamas plates et ma soie dentaire, mes crèmes de toutes les sortes, ma maladie du ménage, mon obsession pour l'eau pétillante et le linge propre qui sent bon. Je lui ai expliqué ma nouvelle manie de faire du pain auquel il ne goûtera jamais. Je lui ai raconté mes aspirations personnelles et professionnelles, mes rêves et mes déceptions aussi. J'ai eu envie qu'il fasse partie de tout ça, j'y ai tenu même, j'y voyais là un nouvel engagement alors qu'il y voyait le début de la fin. Il a cessé de m'aimer au moment où je me suis détachée du souvenir de J., au moment où je me suis mise à croire que nous deux, ça se pouvait. Quand j'ai été prête à m'investir totalement dans notre relation, il a flanché. Pourquoi certains hommes vacillent-ils ainsi lorsqu'on s'appuie sur leur épaule ?

Au départ, il était aussi emballé que moi. Qu'aurais-je pu faire autrement ? Ralentir ? Pourquoi ? Tout était si simple. Comment aurais-je pu anticiper ce dénouement ? Lorsque j'ai senti l'embuscade, on avait déjà notre erre d'aller. Freiner d'un coup n'aurait servi à rien. J'ai décéléré du mieux que j'ai pu. Tant mieux, le choc a été moins brutal ce soir. Pas comme l'effet du vin après une semaine de pause, mais c'est vendredi après tout, j'ai le droit. C'était prévu ainsi. Tout était sûrement prévu ainsi.

> « L'amour est une catastrophe magnifique : savoir que l'on fonce dans un mur, et accélérer quand même [...] L'amour est la seule déception programmée, le seul malheur prévisible dont on redemande. »
>
> Frédéric Beigbeder

thé brûlant
je l’avalerai pour qu’il noie
jusqu’au fond de mon ventre
tous les papillons
que tu as fait naître
je n’en peux plus de les garder
en ton absence
sachant que tu ne reviendras
ni ce soir
ni jamais

je sais que ce n'est pas la fin du monde
pour toi

23 h 57

Verre de vin numéro quatre ? ou six ? ou sept ? Ça n'a pas d'importance.

La vie ne sera plus pareille. Je me souviendrai à jamais de cette quarantaine comme d'une rupture, d'un double confinement. Elle n'évoquera jamais plus que toi. En point de presse aujourd'hui, la mairesse a déclaré l'état d'urgence à Montréal. Cette mesure accorde des pouvoirs exceptionnels à la Ville, lui permettant de mobiliser les ressources matérielles et humanitaires nécessaires pour affronter la situation de crise sans précédent. L'état d'urgence décrété le jour de notre séparation, ça ne s'invente pas. Les drames s'additionnent.

Pourra-t-on lire le nôtre dans les journaux ? J'imagine déjà le grand titre : *Deux habitants du Plateau Mont-Royal séparés pour les mauvaises raisons.* En sous-titre, l'accroche choc : *Rien à voir avec l'épidémie, il ne l'aimait plus.*

À cause de cette période historique, je m'en rappellerai toujours, et c'est bien le plus triste avec notre histoire. J'aurais préféré raconter à nos enfants comment on avait survécu au coronavirus, encabanés comme des prisonniers, amoureux comme pas un. Ça aurait d'ailleurs été à ce moment-là que l'aîné aurait été conçu. Je leur aurais raconté comment, quand j'avais aperçu leur père, j'avais su que c'était lui. Ma moitié de pomme, comme dit Mamie. Il y a cette légende qu'elle nous raconte depuis qu'on est tout jeunes, certainement inspirée de la théorie des âmes sœurs de Platon, selon laquelle nous aurions tous une moitié de pomme qui gravite autour de la Terre, et qui cherche, elle aussi, sa demie. Elle semble bien difficile à trouver... Pourtant, tout le monde n'en a-t-il pas une ? Pourquoi donc sa quête est-elle si complexe ? Pour le plaisir de l'exercice, d'accord, mais si longtemps ? Ça prend du souffle sur la durée. Je ne sais pas si j'y arriverai.

Ce soir j'ai parlé à Noémie, puis à Joey, puis à Olivier. Ma peine d'amour sur Zoom, ma peine d'amour en trois temps. Ils ont été d'une écoute exemplaire, d'une magnificence infinie. Joey m'a joué une chanson superbe à la guitare, je l'ai reçue comme une berceuse. Olivier m'a fait rire. Noémie m'a campée dans l'instant et rassurée sur l'avenir. Je suis extrêmement choyée. Avec des amis comme eux, même confinée, je ne suis jamais vraiment seule.

P.S. Je viens de relire les premières pages de ce matin. J'ai littéralement écrit « les chiffres de la journée sont jolis, ils sont de bon augure ». Comme quoi, la numérologie, c'est vraiment de la marde.

je croyais former
une équipe avec toi
mais tu voulais
jouer tout seul
deux équipes de un
l'amour n'est pas
un sport individuel

Samedi 28 mars 2020

Montréal, 9 h 23

Ça fait trois heures que je suis réveillée. Je suis épuisée. Ma tête vagabonde entre mes souvenirs avec P. et les projections d'elle et lui à nouveau réunis… J'ai beau me répéter que ça ne fonctionne pas comme ça, je me dis quand même que d'une certaine façon, c'est elle qui a gagné. Olivier dit que ce n'est pas une affaire de comparaison, que personne ne gagne ou ne perd. Que ce n'est pas comme s'il nous avait rencontrées en même temps non plus. Il avait quand même été deux ans avec elle et, de toute évidence, il n'était pas prêt à passer à autre chose. Ce n'est pas parce qu'il l'a réalisé pendant qu'il était avec moi que ça m'enlève quoi que ce soit.

Je l'écris ici pour m'en convaincre. Je prends des notes pour oublier les émotions douloureuses qui surgissent. Je sais bien que ça ne fonctionnera pas, qu'il faut les vivre, mais si j'arrive à leur trouver des justifications, ça m'aide à moins les détester. Je vais courir, ça me fera le plus grand bien.

j'ai préparé un gâteau
pour me faire croire
que tout va bien
je n'aime pas le sucre
le seul goût
dont j'ai envie
c'est celui de ta langue
sur la mienne

il n'y a que l'amertume
et la saveur des larmes
qui persistent
comme l'odeur de la cigarette
dans un vieux motel
des années après son interdiction

il ne me reste qu'à prier
que le goût de toi
n'ait pas imprégné
ma peau pour toujours

18 h 55

La journée passe au compte-gouttes. C'est interminable. Tout ce que j'aurais pu faire de ce temps, si j'avais été en forme ! Mais non. Je suis une loque qui a pleuré comme une fontaine toute la journée, à intermittences plus que régulières. J'ai les yeux qui brûlent. Je suis recrue. C'est épuisant, pleurer. Ma courte nuit n'aide pas non plus. Sérieusement, comment est-ce possible d'être aussi zen et convaincue que tout ira bien une minute, et que, la suivante, tout s'écroule ? Eaux diluviennes, j'inonde la maison. Ma tristesse est une rivière qui s'échappe, les digues ne font pas le poids. Est-ce que ça existe, des sacs de sable pour contenir les débordements du cœur ? Ma peine s'enfuit sur mes joues, puis dans mon cou, puis sur mes manches, puis sur des mouchoirs, jusqu'à ce qu'ils soient trop mouillés pour être d'une quelconque utilité. Elle m'échappe, elle s'enfuit comme P.

La musique triste est trop triste, la musique joyeuse trop joyeuse. Entre les deux, trop de choses qui me font penser instantanément à lui. Et le silence, lui, est insoutenable. Vraiment, l'ambiance est formidable ici ! Je suis vidée de toute énergie. Je dois repousser encore un peu le moment de me mettre au lit, sans quoi je me réveillerai seule au beau milieu de la nuit. Et c'est bien la dernière chose que je souhaite.

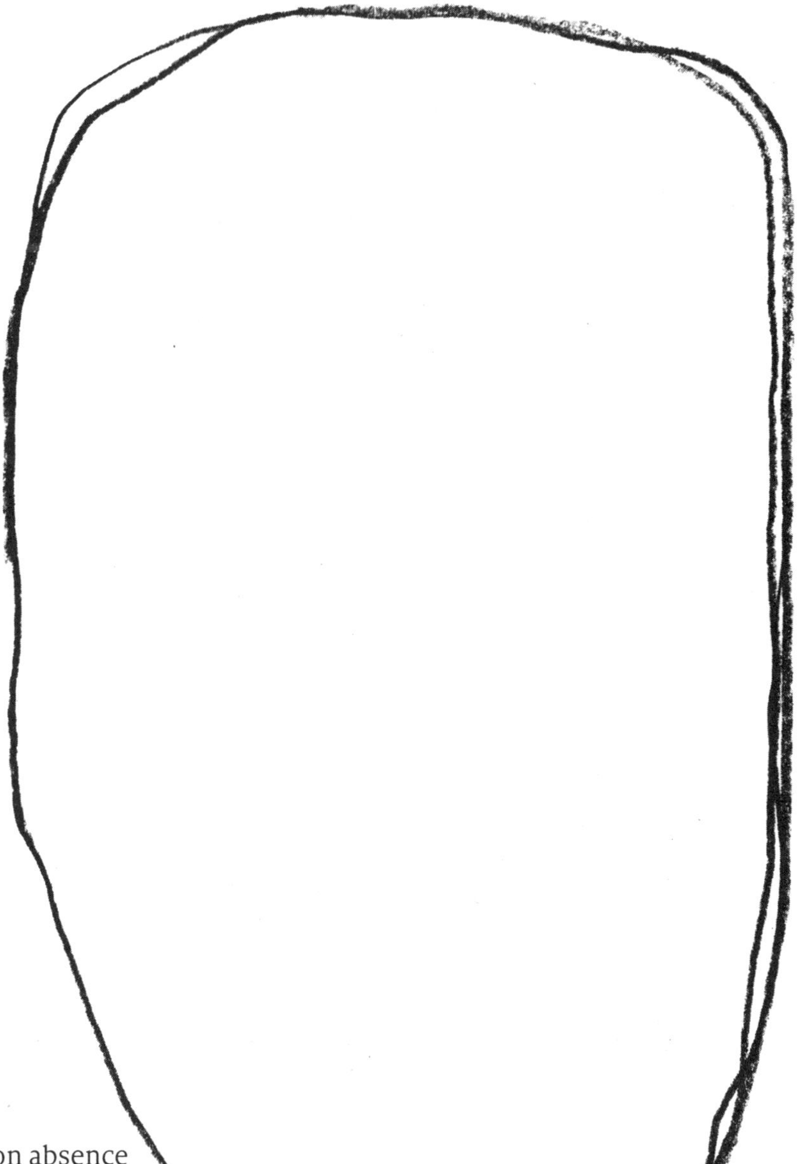

ton absence
prend
toute la place

Dimanche 29 mars 2020
Montréal, 9 h 40

Je n'ai jamais autant écrit dans ce cahier que maintenant. Ça me fait un bien fou, c'est un véritable exutoire. Je me sens moins seule. Comme si cet objet me répondait un peu. Et coucher mes pensées m'en débarrasse, en quelque sorte. Finalement, témoigner de tout ce qui se passe dans le monde et dans mon cœur me semble la meilleure chose à faire de mes dix doigts. Je n'arrive pas à créer, mais si au moins je peux noircir des pages, ça calme mon esprit agité.

Hier soir, je suis allée à la pharmacie acheter des mouchoirs. Tomber à court un week-end de rupture, ça ne s'invente pas. J'ai recyclé ceux que j'avais utilisés autant que j'ai pu, mais je pleurais trop pour leur donner le temps de sécher. Il fallait remédier à la situation. J'ai pris un paquet de six boîtes. Pour passer la semaine, ça me semblait honnête. J'en ai profité pour acheter des ampoules, il y en avait deux de brûlées dans le plafonnier du salon. Ce sentiment de clarté supplémentaire est providentiel. Que toute la lumière qui peut entrer soit la bienvenue ! J'ai téléphoné à maman. Je lui ai raconté la fin avec P. Elle m'a écoutée, aussi désolée qu'empathique. Que c'est beau et fort, une mère. Contrairement à mes autres discussions, j'ai réussi à ne pas éclater en sanglots en faisant le récit de mes désillusions, du début de la fin. Il faut juste que je retienne le mot « début »...

Je dois retrouver mes repères sans lui. Je dois me faire de nouveaux souvenirs ici. Je réalise que je n'ai jamais vécu dans cet appartement sans P. Ironie du sort, il l'a même habité avant moi. Comment meubler ce lieu avec autre chose que les souvenirs de lui ? Je ne peux pas le remplacer, je ne peux pas recevoir d'amis pour refleurir ce tombeau, je suis condamnée à y rester prisonnière avec ma peine et son absence. Ce nouvel appartement venait de pair avec notre histoire. Il faut que j'oublie son corps dans la douche, ses baisers dans la cuisine, ses massages dans le salon... Ses chandails doux volés pour aller chercher un café sur Mont-Royal, son appartement si près du mien. Je dois me refaire une routine de printemps, effacer ses traces comme je l'ai fait avant lui avec d'autres. Modifier les projets que j'avais échafaudés avec lui, résilier mes plans à deux et les repeindre sans « + 1 », avec les amis et la famille au premier plan. Mon cortège de survie.

Finalement, c'est un peu déprimant de réfléchir à tout ça, ça ne m'aide absolument pas ! Mais hier, je dois avouer qu'entre ma comédie romantique, mon bol de pâtes avec la sauce qu'Olivier m'a cuisinée et ma coupe de vin rouge, je me sentais bien.

Tant mieux, parce que demain, inspiration ou pas, je dois impérativement me remettre à l'écriture de mon livre. Un week-end pour pleurer une relation de trois mois, ça me semble raisonnable, non ? Les jours ouvrables s'appliquent-ils aussi aux chagrins d'amour ?

je n'aime pas l'expression
échec amoureux
comme si aimer
était une tâche
dont on ne pouvait s'acquitter
convenablement
j'ai tellement d'amour
à donner
ça me submerge
tu n'as juste pas su l'accueillir
comme il se doit

12 h 27

Est-ce que tu penses à elle ? Est-ce que tu l'as revue ? Pourquoi il semble moins difficile d'accepter qu'une personne ne nous aime pas, si ce n'est pas au profit d'une autre ? La monogamie et la fidélité ne nous préparent pas à l'éventualité de partager l'être aimé. Comment devrait-on réussir à assimiler son départ, alors que nos sens lui sont encore tous fidèles ?

Je pense à elle, à toi, à vous. Je pense à nous et je m'épuise de savoir qu'on ne sera plus ensemble que dans mes souvenirs. La bonne mémoire est probablement une malédiction.

Es-tu retourné chez elle, comme je suis entrée chez toi, la première fois, en ayant l'impression de rentrer à la maison ?

te souviens-tu
la mort dans l'âme
en voyant te quitter
celle que tu aimais ?
tu la reconnaîtrais
si tu venais chez moi
elle y déjeune
tous les matins

Mardi 31 mars 2020

Montréal, 15 h 40

Cet après-midi, je me sens bien. Sincèrement.

Il faut le dire aussi quand ça va. J'ai tendance à me plonger dans ces pages quand tout va mal, quand mon champ de vision rétrécit jusqu'à n'être plus qu'une vision anxiogène, étroite et angoissante de ma vie sans lui, de leur vie ensemble.

Mais ma vision, à cette minute-ci, là, maintenant, à cet instant, est belle. Elle est large, ample et lumineuse. Je suis bien entourée et j'ai envie d'être heureuse. Je réapprivoise l'espace et le silence. Ce midi, je me suis préparé une salade que j'ai accompagnée de pain maison et de fromage. J'ai mangé avec appétit. Les entraînements virtuels que je fais avec les filles me font du bien, ils m'énergisent et me changent les idées. Je vois des jours plus calmes se dessiner à l'horizon. Je m'efforce d'être bienveillante et indulgente envers ma peine, qui laisse de plus en plus de place aux éclaircies. Il pleut dehors : on annonce un flot continu de précipitations jusqu'à lundi ; vingt à trente millimètres de pluie juste aujourd'hui. Malgré le ciel qui pleure, je suis d'humeur joyeuse. Il y a du soleil en dedans, je crois.

Ce sont peut-être les nouvelles ampoules. Si c'est le cas, meilleur achat de l'année.

en une heure il y a eu
de la pluie
du soleil
de la grêle
et des nuages
Mère nature est sûrement
en peine d'amour elle aussi

20 h 50

C'est une bonne journée. Le moral est bon. Il vacille parfois, mais tient debout. Ça compte. Les pensées blessantes sont moins nombreuses, et j'arrive même à transformer certains flashbacks en douce nostalgie. Il y a de l'espoir. Le seul problème, c'est que j'ai froid.

Je me rappelle un conte que je lisais enfant, il s'intitulait *La princesse gelée*... Eh bien, c'est moi. J'ai le bout du nez, les pieds, les fesses, les doigts gelés. J'additionne les pelures, j'augmente le chauffage, je bois du thé. Parfois, ça fonctionne un temps, mais dès que je baisse la garde, ça revient.

En me quittant, P. m'a laissé l'hiver dans le corps.

Si j'arrive à dégivrer mes pensées et à distinguer le printemps, mon corps, lui, n'y arrive pas. Un glaçon constant, et c'est là qu'il est le plus difficile d'être raisonnable. Les amoureux ont, entre autres fonctions, de nous réchauffer. De nous garder le corps et le cœur au chaud. En désertant ses fonctions d'amoureux, P. a aussi abandonné ce devoir. Moins évident, en temps de pandémie, de combler ce poste vacant. D'ici là, je mets un manteau dans la maison. C'est plus sûr.

tu m’as laissée en désordre
ne t’avais-je pas dit
que j’avais besoin
que chaque chose
soit à sa place ?
pourquoi n’es-tu plus ici alors ?

22 h 27

Mise à jour : le bain est une semi-bonne idée. Ça réchauffe, ça il n'y a pas de doute. Mais m'y glisser me plonge aussi dans les souvenirs. Ceux de nos bains partagés, au chalet, avec un apéro, les massages de pieds et les discussions qui les accompagnent, lui assis sur le tabouret, la serviette à la taille, moi encore à profiter de la chaleur de l'eau... Ma lecture dans son bain sur pattes en attendant qu'il revienne du hockey. Les bains en duo chez lui le dimanche, lui sous moi, son ordinateur installé sur la toilette pour regarder *Tout le monde en parle*. Il déposait une débarbouillette sur mes seins qui dépassaient parce que j'avais froid...

Le silence de la salle de bains ce soir, comme celui de mon cellulaire, me renvoie à son absence, à ce nouveau quotidien que je dois apprivoiser sans lui, dans ma prison de solitude. Tout ira bien, je le sais, mais en m'immergeant dans l'eau ce soir, j'aurais bien pris congé du silence aussi.

ce n'est pas
parce que je t'aime encore
que je ne veux plus te voir
c'est parce que tu as choisi
de ne plus m'aimer
le premier
si j'avais changé
aurais-tu eu envie de moi
plus ou moins ?

Mercredi 1er avril 2020

Montréal, 12 h 47

Debout depuis sept heures trente. Je n'ai rien accompli d'essentiel, mais j'ai fait plein de choses : courriels, application de vernis à ongles, déménagement du bureau dans ma chambre pour pouvoir profiter du soleil (disparu depuis).

J'ai tenté de travailler sur mon livre, mais mes pensées s'éparpillent. La mélancolie me guette constamment. Hier soir, après mon appel avec Joey et mon souper avec Olivier par écrans interposés, mon moral était pourtant de fer. Comme je suis chanceuse de les avoir. Mes garde-cœur. Joey soutient que la déception de voir mon histoire avec P. se finir m'affecte bien plus que la perte de P. lui-même. Je veux bien le croire, mais ils sont rares les candidats sur lesquels j'ai envie de projeter mes aspirations. Et par les temps qui courent, confinés chez nous depuis des semaines, c'est certainement plus dur de rencontrer le prochain… En attendant, je lis *Mémoires d'une jeune fille rangée* et je me régale l'âme.

« Mon cœur était mort et le monde vide :
un tel vide pourrait-il jamais se combler ?
J'eus peur. Et puis le temps se remit à couler. »

Simone de Beauvoir

tu étais un bel écran
pour diffuser
mes désirs amoureux
et tes mains
me donnaient
l'impression
que tu me connaissais
déjà
je n'étais pas
la première à projeter
mes rêves
sur toi
beaucoup d'autres
étaient passées
avant moi
tu étais
un cinéma
très populaire

Jeudi 2 avril 2020

Montréal, 12 h 09

Réveillée depuis sept heures. Quelle drôle d'idée de mettre un réveille-matin en confinement. La pluie continue de faire son œuvre sur la métropole, plongeant tout le monde un peu plus dans sa déprime. Prisonniers de la grisaille, condamnés à la réclusion.

Je regarde avec appréhension les trois pages restantes à ce cahier. Trois petites pages. Un carnet ne devrait jamais être témoin de deux peines d'amour. Comment se fait-il qu'il ne soit pas plus lourd, alors qu'il contient tant de larmes ? Et comment, en si peu de temps, pourrais-je retrouver un peu d'espoir ?

Est-ce que c'est vrai que toute bonne chose a une fin ? Toute bonne chose, mais pas toi.

ce soir
le silence
de mon appartement
me rappelle le tien
j'y entends
les mots
qui ne venaient pas
tu n'es plus là
je les espère encore

Vendredi 3 avril 2020

Montréal, 16 h 47

Une semaine que P. est parti d'ici, après que je lui ai fait un câlin par compassion avant de fermer la porte, frontière entre ses pleurs et mes sanglots. Une porte pour séparer nos deux malheurs, comme s'ils pouvaient être moins vastes ainsi. S'éloigner pour panser nos plaies mutuelles à l'abri du regard de l'autre, de son amour passé, absent ou perdu. Isolement volontaire.

Je relativise beaucoup de choses. Si au réveil, dans la froideur de mon lit, j'ai les idées trop claires pour ne pas être affectée par la violence de son absence, la journée m'entoure de bonnes fées, de conseils et de pensées heureuses qui me permettent de me ressaisir, comme dotée d'un nouveau pouvoir, insoupçonné, tels les enfants perdus dans *Peter Pan*. Je me retrouve.

Ce regain de soleil m'a portée jusqu'au soir. Les nuages et la pluie ont laissé place à une éclaircie de fin d'après-midi, qui m'a vue fouler les kilomètres à la hâte, comme si je courais après le bonheur. Je dois courir plus vite que lui, parce que je le retrouve toujours avant de rentrer chez moi. Cette ivresse grisante se répand dans mon corps au fur et à mesure que mon souffle se raccourcit, et si mes jambes se mettent à brûler, c'est probablement juste pour me prouver qu'elles seront toujours là pour me porter. Je me rappelle alors que rien n'est insurmontable. La gratuité de ce cadeau me comble tous les jours de ce confinement, et je savoure le goût de la liberté qu'elle me procure.

Une semaine que P. est parti d'ici, nous laissant comme deux épaves dans nos larmes pour des raisons différentes. Je sais trop bien la peine que ça fait de faire du mal. Personne n'y gagne, c'est une étape désagréable à passer, mais il faut l'affronter.

Aujourd'hui, j'ai oscillé entre le bien et le mal. Entre ma fierté et le profil Instagram de son ex. Faire défiler des photos d'eux, heureux, m'a affligée à un autre niveau, d'une part parce que je ne pourrais plus jamais atteindre cet état de grâce avec lui (ni avec personne d'autre avant un méchant bout, si la tendance se maintient !), mais surtout parce que cette belle inconnue me semblait, sur chacune d'elles, être une fleur inondée de soleil sous la rosée d'une chaude journée d'été. En tout cas, c'est la description que j'en ai faite, quand je me suis épanchée sur mon malheur à tous mes amis qui, me sachant encore trop fragile, ou étant suffisamment compréhensifs pour ne pas me dire « OK, décroche », m'ont gratifiée de mots gentils et encourageants.

Comment rivaliser avec un fruit de la passion, gorgé de sucre et de fraîcheur, alors qu'on se sent comme un vieux mouchoir défraîchi, comme un de ceux qu'on a empilés dans la corbeille les après-midis de pluie où la météo et le malheur se sont mis de pair pour nous accabler ?

La vérité, c'est que je cherche des consolations à l'extérieur du problème. Je cherche à me convaincre que j'ai bien fait, que je ne me suis pas trompée, que j'ai eu raison et pas tort, d'abord de commencer cette histoire, puis de m'y tenir, malgré mes doutes et mon impuissance et malgré ses doutes et finalement son départ. Peut-être qu'au fond c'est là que réside toute la beauté de ces rencontres qui s'étiolent avec le temps, qu'elle est normale cette chute, et le déclin, inévitable. Il faut l'attraper dès qu'il naît, ce bonheur, et le savourer aussi longtemps qu'il persiste, aussi éphémère soit-il.

Qu'on se le tienne pour dit, faire un bilan de fréquentation tout seul, c'est franchement démoralisant, pas du tout juste et probablement totalement inutile. Ce sont rarement les faux pas qui font qu'une histoire ne fonctionne pas. C'est une question qu'il faudrait adresser à l'univers. Ce sont les plaques tectoniques, le mistral, les marées, les courants et les pandémies qu'il faut questionner. Pas notre choix de vêtements, de restaurant, de sujet de conversation ou de fréquence de rendez-vous. C'est tellement, tellement plus grand que ça.

Après les courses, mes idées sont toujours plus claires. Vive les endorphines, le souffle court qui nous barbouille les entrailles et nous ramène au moment présent, à la vie, belle malgré tout, toujours. C'est parfois tellement plus simple quand on prend un pas de recul. Au lieu de constater la violence du courant lorsqu'on a les deux pieds dans la rivière, pourquoi ne pas aller l'observer depuis la berge et profiter du paysage?

ton départ
a mis
au monde
une guerrière
que je n'étais pas
je préférais
les batailles
d'oreillers

Samedi 4 avril 2020

Montréal, 19 h 53

J'ai vraiment l'impression qu'on croise les gens pour une raison précise dans nos vies. On ne le comprend pas toujours tout de suite. On ne sait pas de quelle façon ils nous influenceront, de quelle façon ils seront là pour nous, comment ils nous conseilleront, nous aideront, participeront à notre paysage amoureux, amical ou professionnel. La vie est en constante mutation.

Joey est de ceux qui sont apparus dans ma vie comme un météore qui entre dans l'atmosphère : de façon fracassante. Je l'ai croisé à New York, et dès le moment où il m'a saluée, dans l'auberge de jeunesse où, par le plus grand des hasards, nous résidions tous les deux, on ne s'est plus lâchés. J'ai aussitôt éprouvé une affection instantanée et inexplicable pour lui. Artistes tous les deux, on a connecté à des niveaux qui défient l'attirance ou les affinités. Nos esprits se sont rencontrés. On a voyagé ensemble dans trois villes et deux pays différents en moins d'un mois. Si on a brièvement été amants, notre connexion dépassait toutefois le désir qu'on éprouvait l'un pour l'autre. Ce n'était pas de l'amour non plus, pas au sens romantique du terme. Il y avait quelque chose de très intime. C'est vite devenu un de mes meilleurs amis, malgré le fait qu'il vive en Australie et moi au Canada. Il fait de moi une meilleure personne et je souhaite le garder dans ma vie longtemps.

Son étoile s'est momentanément éteinte de mon ciel, des années après notre rencontre, au détour d'une relation avec un chum qui croyait que notre lien spécial portait ombrage à l'histoire d'amour qu'on vivait. Quand j'ai quitté cet amoureux, je l'ai immédiatement rappelé. Je devais savoir si ma demande de cessez-le-feu de nos communications était révocable pour lui. De telles amitiés survivent aux entractes, lui aussi était heureux de me retrouver. On a repris nos échanges, jamais tièdes, mais un peu distancés, jusqu'au jour où on s'est fait des confidences sur nos amants respectifs, Olivia pour lui, Paul pour moi, qui nous faisaient souffrir de la même façon et, apparemment, pour les mêmes raisons. La simultanéité de nos histoires, à seize mille sept cent vingt-six kilomètres de distance, avait quelque chose de surréaliste. La proximité de nos réalités, à deux extrémités du monde, tenait d'un hasard sybillin qui ne pouvait être ignoré.

Le réconfort de sa voix et le partage de ses pensées me faisaient un bien fou. Échanger sur cette distance qui s'était insinuée du jour au lendemain après des jours heureux, entre nous et notre tendre moitié respective, calmait mes inquiétudes quand ça ne les alimentait pas. On se confortait mutuellement. Notre constat : l'instinct trompe rarement. Cependant, de son côté, il avait pris les devants et l'avait quittée, alors que moi, c'est P. qui avait déserté mon cœur. Je l'avais pourtant vu venir de très loin. Mais j'avais cédé à notre histoire idyllique et économisé ses derniers moments. Je n'ai rien préparé de mon île déserte, je me suis tenue sur la plage pour pouvoir lui dire au revoir comme il se doit. Joey, pour sa part, avait tourné le dos à tout ça beaucoup plus tôt devant l'évidence du départ imminent. Pourquoi s'attarder ? Les bises et les adieux ne font qu'étirer la douleur de la rupture. La théorie du pansement arraché d'un coup. Je suis une mauviette des fins d'amour. J'arrache doucement, doucement, doucement, peut-être parce que pendant tout ce temps où on le retire tranquillement, je me dis qu'il reste une chance de le recoller. Qu'à tout instant on pourrait décider que le bon moment n'est pas encore venu. Pourtant il faudra l'enlever. Pardi, retirez ce pansement qu'on en finisse! Mais non. Je suis une petite nature du cœur. Je n'ai aucun courage contre la fin du monde.

ressaisis-toi !
que le vent l'emporte
et la vie continue !

– une amie

ne t'en fais pas
il n'avait pas l'étoffe
de t'aimer
comme il se doit

– un ami

Mardi 7 avril 2020

Montréal, 9 h 23

J'ai eu des nouvelles de Rosanna ce matin. Je lui avais écrit le week-end dernier pour savoir si elle et sa famille se portaient bien et pour l'informer que les travaux chez moi étaient interrompus pour une durée indéterminée. Je devrais probablement prolonger ma location, ou planifier de trouver un autre logement pour l'été… Je voulais vérifier quels étaient ses plans, et savoir si avec tout ce qui arrivait, son voyage étant compromis, si elle comptait rentrer plus tôt que prévu. Il aurait été absurde qu'elle loue un appartement dans sa propre ville alors qu'une inconnue habitait le sien.

Elle m'a répondu rapidement, elle était heureuse de savoir que tout se passait bien pour moi. L'Italie étant l'épicentre de la pandémie, la situation était très préoccupante, mais elle préférait rester auprès de sa mère pour traverser cette hécatombe. De toute façon, les voyages étaient annulés partout. Elle ne rentrerait pas en juin comme prévu et passerait l'été chez sa mère ; j'étais donc la bienvenue pour rester dans son appartement jusqu'en septembre si nécessaire.

Cette bonne nouvelle arrivait comme un baume sur toute cette grisaille. Je lui ai répondu tout de suite, d'abord pour lui dire que j'étais rassurée de savoir qu'elle et sa famille se portaient bien, mais aussi pour lui signifier que je lui étais extrêmement reconnaissante de pouvoir vivre cette crise dans un cocon aussi confortable que le sien. J'ai promis de la tenir au courant dès que j'en saurais davantage sur le délai imposé aux travaux.

Encore une fois, Rosanna me protégeait des épreuves. Encore une fois, je bénéficiais de son repaire tranquille, son nid rassurant pour panser mes plaies et rebondir. J'ai certainement un ange gardien qui veille sur moi.

Par la fenêtre entrebâillée, j'entends une envolée d'outardes passer au-dessus du quartier. Je me précipite sur le balcon pour les apercevoir, tant pis pour mes chaussettes. Dans le ciel, des dizaines d'oies fendent l'air. Le spectacle est magistral. Elles n'ont absolument aucune idée du bien qu'elles me font. Je les regarde en souriant, émue, jusqu'à ce qu'elles disparaissent au loin, que leur cacardement ne soit plus qu'un murmure.

les enfants des voisins
avaient tracé
des dessins
à la craie
dans la ruelle
mes larmes
les ont tous
effacés
ton départ ne fait
que des malheureux

Mercredi 8 avril 2020

Montréal, 18 h 22

Je me change les idées du bout du pouce. Un inconnu du nom de Jonathan répond présent. Ça calme le feu dans mon ventre. Dehors, de gros flocons. L'hiver en rappel. Joyeux Noël.

Cette neige me fait penser à la première soirée qu'on a passée ici, P. et moi. On faisait l'amour dans ma chambre transformée en boule à neige féérique dans la clarté des lampadaires. Il neigeait à plein ciel. On riait, on s'extasiait, on savourait notre chance. On avait passé la nuit à admirer les flocons et notre bonheur, lovés dans ce paradis de nos bras enlacés, de nos cuisses entrelacées. Il est rare d'être si bien cuisse dessus cuisse dessous avec quelqu'un. J'ai aimé notre intimité à la minute où on l'a créée. Ensemble. C'est beau l'intimité d'un couple. Ça se fabrique parfois d'un coup. De la levure instantanée.

as-tu la moindre idée
de ce que ça prend
pour habiller tes vides
et meubler tes silences ?

Vendredi 10 avril 2020

Montréal, 13 h 29

Je me suis couchée tellement tard. Deux bouteilles de vin, à deux au moins. Deux cafés ce matin, à moi toute seule. Petit mal de tête.

J'avais une session de voix en studio à dix heures. La première depuis un mois. Le bonheur de sortir, de voir un collègue. C'est fou, ça me manque d'avoir des contacts avec les gens que je ne connais pas, aussi bien dire d'avoir des contacts, tout court.

La peau de Jonathan était douce, ses caresses aussi. Son parfum sentait l'erreur. J'ai pris une douche pour me débarrasser de son odeur. Sucrée, vulgaire. Elle persistait dans mes draps, me narguait jusque sur ma peau. Le savon n'a pas réussi à la chasser. Le vrai problème c'est surtout qu'elle n'était pas tienne. Des traces d'un autre existaient sur moi, c'était impardonnable. Mes sens sont encore fidèles à toi. Eux.

Après ma tristesse en mascaret, je n'ai plus de souffle pour les grandes envolées. Je n'ai envie ni de grandes histoires ni de romans. J'ai besoin de petits bouts en ce moment. Des phrases courtes, des anecdotes, du papier mâché.

Ça m'a fait du bien de m'agripper à la peau chaude d'une autre vie. Que mes cheveux s'éparpillent sur le torse d'un autre. Je dois juste redéfinir mes ambitions du cœur.

l'amant
était très beau
mais n'avait pas la force de porter
mes bagages
mon corps même
semblait trop lourd
pour lui

les hommes ne comprennent-ils pas
qu'il vient un temps
où on a goûté
des plaisirs
si grands
qu'on ne se satisfera plus jamais
du mièvre de leurs offrandes ?

vient un âge
où les hommes
n'ont d'autres choix
que de se surpasser

Vendredi 17 avril 2020

Montréal, 7 h 30

Dans le salon, Ella Fitzgerald chante et réchauffe le matin. Le temps est froid ces jours-ci, comme si le printemps était reviré de bord. Ce matin, il fait zéro : le climat est au point mort. Je me sens un peu comme le temps, moi aussi. Ni plus ni moins, ni positive ni négative. En équilibre entre l'espoir des beaux jours et la nostalgie du passé révolu.

Je recolle les bouts de ma solitude avec un certain bonheur. Je replace les choses et me refais un jardin. Secret. Je réorganise doucement le silence à mon goût. Je le peuple comme ça me chante. Ma quête de grandiose et surtout son urgence se calment et reprennent des proportions plus convenables.

Convenable... C'est rare, mais en ce moment, ce mot me convient.

je fais une allergie
à ton absence
reviens-tu ?

Vendredi 24 avril 2020

Entrelacs, 11 h 38

Joni Mitchell chante *California*. Brumes de lendemain de veille. Hier soir, je suis allée marcher avec Robert, que je n'avais pas vu depuis le début du confinement. Robert, c'est mon vieil ami du chalet. Je le dis avec toute mon affection, parce qu'il a plus du double de mon âge et que cette amitié défie toutes probabilités générationnelles. Pourtant, on se ressemble beaucoup. On partage l'amour des voyages et de la forêt, des amis, de la bonne bouffe et du bon vin. Il suit aussi avec grand intérêt mes histoires, du moins il me le fait croire chaque fois qu'on se voit, et les écoute toujours avec attention, ce qui lui confère ses lettres de noblesse d'amitié, si j'avais encore besoin de preuves de son allégeance.

C'était agréable, mais cette fois-ci j'ai pleuré quand on a parlé de P. Il m'a dit : « Oh, tu es en colère. » Comme s'il le réalisait en même temps qu'il posait son diagnostic. Oui, je lui en veux. Et je m'en veux aussi de me mettre dans tous mes états à la simple évocation de son départ fracassant. Que Robert le devine fait instantanément tomber mon armure. Ses yeux bleu clair me percent à jour. Son regard a le même effet sur moi que celui de mamie. Je craque à tous les coups, comme la carapace d'un lychee qu'on arrache pour accéder à la chair du fruit. Je suis fragile. Le soleil a disparu. On est rentrés, il faisait froid. C'était tricher un peu, mais on s'est tenus à bonne distance. Devant le feu de foyer, on a discuté longtemps, jusqu'à ce que la faim nous interrompe. On s'est déplacés vers la cuisine et on a continué de bavarder en sifflant une bouteille de vin. En entrée, on a partagé le tartare de poisson qu'il m'avait apporté, puis j'ai cuisiné des pâtes fraîches avec ma bolognaise maison. C'était bon tout ça.

Ce matin, donc, la tête dans le brouillard, les émotions un peu aussi. Parler de P. me replonge dans mes fragilités. Ça m'emmerde. Je tasse les souvenirs, les range sous une pile d'autres idées. J'allume la radio, m'active à me faire des crêpes, puis je lave la vaisselle. Je m'attelle au ménage de mon bureau, ça libère ma tête qui respire largement. J'aimerais faire la même chose avec mon cœur. Si seulement les organes s'époussetaient aussi facilement que les étagères.

Avec regret, je reprends la route vers Montréal. Le calme réparateur de ce havre me manque déjà. À très bientôt refuge boréal, à très bientôt forêt lénifiante.

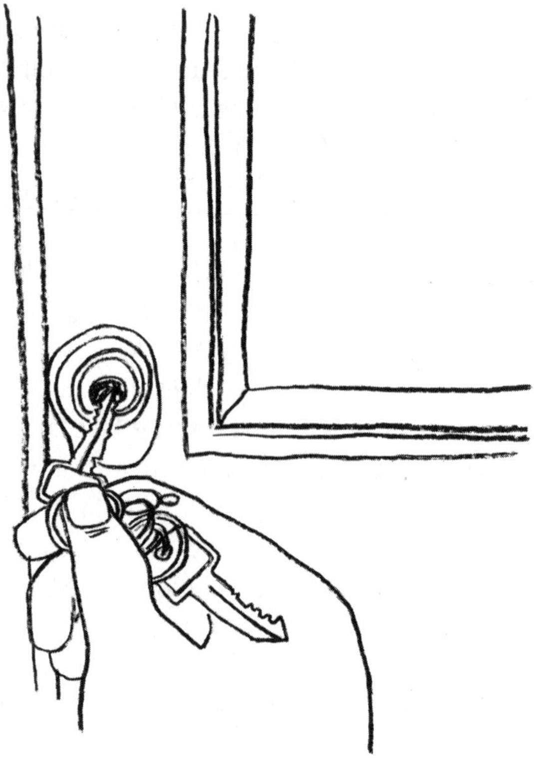

quand mon cœur bat
je l'écoute
pour me sentir en vie
mais en vérité
j'espère entendre
le son de tes pas
qui rentrent
à la maison

Lundi 27 avril 2020

Montréal, 17 h 02

Ces jours-ci j'ai envie de pluie d'été, de films français, de courses au soleil et de longues siestes, de repas partagés et de temps suspendu... Il faut que je respire mieux.

heureusement
le printemps
est revenu
j'ai hâte
qu'il s'installe
dans mon cœur aussi

Vendredi 1er mai 2020

Montréal, 8 h 26

P. le charmeur me hante encore. Je suis fâchée de lui avoir un jour accordé un tel pouvoir, si bien qu'il peut surgir encore dans mes pensées aujourd'hui. Pourquoi ne décide-t-on pas à qui on veut penser? Pourquoi je ne cesse de retourner dans les labyrinthes desquels j'ai eu tant de mal à m'extraire? Et pourquoi je n'arrête pas, également, de m'autoflageller tout le temps? Elle est où, cette confiance royale en soi, lorsqu'il est question de tourner la page? Aujourd'hui, je devrais écrire un traité d'engagement envers moi-même. Contre tous les agents doubles du cœur. Je me réapproprie ma fierté et je continue d'avancer.

avec ton départ
une partie de moi
est morte
celle qui essayait
de te convaincre
que j'étais suffisante
la partie qui reste
ne se battra
que pour me le prouver

Dimanche 3 mai 2020

Montréal, 8 h 03

Hier, j'ai pris l'apéro au parc Laurier avec Olivier et Audrey, sa nouvelle flamme. Le soleil. Les gens. Le bonheur. La vie reprend tranquillement. Masquée et distante de deux mètres, mais elle reprend quand même. Ça emballe tout le monde et ça nous donne l'espoir d'un été.

J'ai traîné au lit et fait du ménage dans mes photos. Il n'y avait plus de place dans mon téléphone ! Dans mon cœur non plus, peut-être que je devrais faire le même travail. Supprimer les moins bons souvenirs et faire de la place pour les nouveaux.

J'accepte l'idée que je suis encore fragile. Je crois que ça part de là, de P. Laisser venir mes émotions, les bonnes comme les mauvaises. Pourquoi taire la douleur, si elle est encore vive ? Pourquoi ne pas, au contraire, l'assumer complètement ? C'est vrai, suis-je réellement affaiblie par elle ? Et si je la prenais à bras-le-corps au lieu de la maquiller ? Peut-être qu'on cohabiterait mieux, elle et moi. Comment puis-je exiger de la transparence des autres si je farde constamment mes peines ?

Je me ressaisis. Oui, en assumant complètement mes doutes et ma tristesse, je m'en remettrai. En attendant, je dois accepter les petites joies sur ma route. La suite sera belle, c'est écrit à toutes les fenêtres.

j'aurais pu être dotée d'une étiquette
« TRÈS FRAGILE. MANIPULER AVEC DÉLICATESSE »
mais est-ce vraiment nécessaire
de le mentionner chaque fois
je suis une femme
point

Samedi 9 mai 2020

Entrelacs, 9 h 29

Réveillée à neuf heures. Nuit réparatrice dans le calme muet du bois. Le silence veillait sur moi et les sapins. Je glisse encore sur sa tranquillité. Le ciel est marbré bleu et blanc. À ses pieds, la vue du lac calé s'impose à moi avec une force impériale. La nature poursuit sa course, elle, et les saisons continuent de se succéder malgré le confinement. La nature ne fait pas d'arrêt. Les bourgeons dans les arbres, prêts à éclore, sont en décalage avec ceux de la ville. Deux printemps. Le printemps en canon. Le vent qui court sur l'eau, froissant sa surface, rend le lac encore plus vivant. Un corbeau joue à l'aigle. Il fait gracieusement planer sa robe d'ébène. Les ailes déployées, il effectue des cercles et des lignes droites, traçant un dessin invisible de sa trajectoire. La beauté du paysage me frappe chaque fois. Quel privilège toute cette forêt autour de mon berceau !

la nature magnifique
ne se pavane pas
elle s'offre seulement
à qui vient la voir
la nature est une grand-mère
qui attend la visite
mais qui ne veut pas
trop de monde en même temps

Vendredi 15 mai 2020

Montréal, 7 h 41

De retour en ville. Les idées se placent, mon envie d'écrire revient vivement par secousses. C'est grisant de sentir ces tremblements. Je me dis que bientôt je pourrai surfer sur eux. Retour à la mer, à ses furies, à ses élans.

Je retrouve cette semaine un agenda aussi chargé qu'avant, ce qui n'est pas pour me déplaire. Certains projets ont repris, les contrats de voix aussi, et le plus réjouissant : les travaux au duplex ont enfin pu redémarrer ! Après sept semaines d'arrêt, qui m'ont semblé en durer vingt, ce n'était pas trop tôt. Lentement mais sûrement, la vie semble reprendre son cours naturel, même si après cette longue pause tout le monde se demande un peu c'est quoi, au fond, la normalité.

Je m'ennuie toujours autant de serrer les gens que j'aime dans mes bras. Mais déjà revoir mes collègues de travail me procure une grande joie. En voiture, je baisse les fenêtres et laisse entrer le bonheur. Partout.

ta voix
apaisait
le torrent
de mes incertitudes
je retourne parfois
dans notre historique
faire rejouer
tes mémos vocaux
ton rire ample
remplit la pièce
et me murmure
que tout ira bien

Jeudi 21 mai 2020

Montréal, 19 h 50

Les travaux vont bon train. J'ai maintenant un plancher ! Cette semaine les ouvriers commencent à monter les murs. Voir les divisions se dessiner est un ravissement, chaque étape me rapproche du moment où je pourrai appeler ce lieu ma maison. Parfois le soir, j'y vais juste pour habiter cet endroit, m'en imprégner. Même s'il est vide, troué et sans fenêtres, je l'aime déjà. Je suis bien dans son enceinte inachevée. Il incarne l'espoir d'une vie nouvelle, l'espoir d'enfin me déposer quelque part. L'odeur du bran de scie m'apaise. Les briques me soufflent que tout ira bien.

En revenant du chantier ce matin, j'ai appelé P. C'était son anniversaire. Il a répondu après deux sonneries. Il a eu l'air surpris. Je voulais lui souhaiter bonne fête de vive voix, après ce qu'on avait vécu, il méritait au moins un coup de téléphone. Il a ri, il a dit c'est gentil. Je crois qu'il hésitait encore à ce moment-là, peut-être parce que nos voix n'étaient pas exactement les mêmes que la dernière fois qu'on s'était parlé. C'est gênant, reprendre contact, et ça l'est plus encore quand on pense que ça sous-entend autre chose. J'ai désamorcé : je voulais juste prendre de ses nouvelles, il n'y avait pas d'arrière-pensée dans ce coup de téléphone. Ça a semblé le déstabiliser, puis le rassurer. Il m'a parlé de son travail qui avait repris, puis le sujet a dérivé et il m'a questionnée sur les travaux du duplex. Il m'a dit qu'il était content d'avoir de mes nouvelles. Ça sonnait sincère, en tout cas sa voix me disait de lui faire confiance. Bon, ce n'était pas la première fois, mais aujourd'hui, qu'avais-je à perdre ? J'ai décidé de le croire. Je n'avais plus envie de détours de toute façon. Plus avec lui.

On a discuté une bonne quinzaine de minutes, c'était agréable, normal surtout. Plus la conversation avançait, plus nos voix se détendaient. Notre ton n'était plus affecté quand on s'est dit au revoir. Je lui ai redit bonne fête, il m'a redit merci. Simplement. En mettant fin à l'appel, j'ai souri. On ne devrait pas exclure de nos vies les gens qui ont été si importants pour nous, sauf si c'est trop douloureux. C'est un privilège de les retrouver. Ils ont participé à façonner la personne qu'on est aujourd'hui, et les prochains à venir continueront de modeler celle que nous deviendrons. Chaque chose à sa place. Chaque chose en son temps. Si un jour on se recroise en ville, je serai sereine. Cet échange me le confirme.

Dans ma tête, tout est aligné maintenant. P. m'a plu, mais il n'était qu'un prétexte, survenu au bon moment. J'ai tellement voulu que ce soit lui, l'incarnation de mon idéal amoureux ! La réalité n'avait aucune chance contre mes projections du cœur. Si je regrette encore certaines de ses qualités, j'ai quand même hâte de les retrouver chez un autre. Quelqu'un qui n'aura pas ses empêchements. Quelqu'un qui aura envie d'une vie à deux autant que moi. Quelqu'un dont je serai amoureuse, et pas seulement de l'idée que je m'en fais. Quand je le trouverai, je saurai.

c'est toi qui t'es trompé
je n'étais pas trop
tu n'étais juste
pas assez

Samedi 23 mai 2020

Entrelacs, 10 h 19

Souper arrosé avec Robert et sa femme hier soir. Quel bonheur de les retrouver ! La nuit était belle, et je me suis endormie grisée par le bon vin, l'amitié et la certitude que tout ira bien.

L'odeur du bois me chavire chaque fois que je reviens à lui. Le parfum du printemps me bouleverse. Enveloppée dans une grosse veste de laine, je bois mon café sur la galerie. J'observe la forêt dans laquelle le vent se faufile. Sur les branches des érables, les feuilles poussent timidement. J'aimerais parfois apprécier davantage la route qui mène aux euphories.

J'entre me préparer un autre café. La chanson *Dream Girl* d'Anna of the North flotte dans l'air. J'ai rêvé à P. cette nuit. Nos retrouvailles étaient comme mes doutes, aussi satisfaisantes que décevantes. Ses lèvres étaient-elles si fines, vraiment ? Et sa barbe, un obstacle pour nos baisers ? Et son implication dans notre histoire, aussi infime ? Un chocolat mi-amer, un rêve qui peut être interprété de toutes les façons.

Je verse du lait dans mon café noir. J'ai hâte au prochain chapitre de ma vie. Je dois juste arrêter de songer que la suite sera moins bonne que le premier tome.

horreur du vide
pourquoi m'ennuyé-je
à ce point
dans les interstices

Mardi 2 juin 2020

Montréal, 7 h 30

Rafael est arrivé en même temps que le mois de juin. Quelle heureuse surprise ! J'ai pourtant l'habitude de déceptions dans ces rendez-vous organisés. Une voix triste, un visage moins gracieux que supposé, une personnalité limitée ou absente, un humour fragile dont la spontanéité ne fait pas écho aux réponses plus longuement réfléchies permises dans les échanges texte. Il y a tellement de départements où le bât peut blesser ! Et pourtant, j'ai été agréablement surprise de l'homme que j'ai rencontré au parc dimanche, assis à côté de son vélo. Souriant. Relax. Doux. Il était beau dans le soleil, ses yeux étaient très bleus et sa peau déjà bronzée. Un de ses amis nous a rejoints. Qui invite un ami dans une *date* ? En même temps, qui fait des *dates* en se tenant à deux mètres d'écart dans un parc ? Je trouvais tout ça tout à fait charmant.

Assise là, au milieu d'inconnus, avec ces deux hommes qui me découvraient au même rythme que je les découvrais, je me sentais en voyage, à traîner dans un espace public avec des amitiés éphémères construites au détour d'une auberge, avec pour seul plan celui de trinquer au soleil et d'échanger quelques paroles entre deux promesses d'été. Rafael avait apporté un pain qu'il avait fait, deux fromages et un Ripasso.

Hier, quand on a remis ça, c'était du rosbif à la moutarde de Meaux. J'adore les gens qui aiment manger, et qui prennent soin des autres avec cette attention. Après une longue heure à discuter, Rafael a dit, le plus simplement du monde : « J'ai envie de t'embrasser. » Je lui ai répondu : « Si seulement il n'y avait pas ce melon qui nous séparait ! » Il y avait effectivement ce fruit coupé en tranches et déposé entre nous, mais c'était plutôt à la distance des deux mètres imposée par la Santé publique que je faisais référence. Si le règlement nous échappait, il était ramené à notre mémoire par les policiers qui faisaient la sentinelle et passaient à vélo à intervalles réguliers près de nous, sans pour autant intervenir. J'avais aussi envie de l'embrasser. Je me suis retenue. J'ai répondu avec un sourire.

Le ciel s'est assombri. Il s'est mis à pleuvoir, comme annoncé, mais plus fort que prévu. Rafael habite à l'extérieur de l'île, il devait retourner chez lui à vélo. Je n'en avais pas envie. Lui non plus. J'ai proposé qu'on aille se mettre à l'abri chez moi. Il a semblé hésiter sincèrement. Depuis le début de la pandémie, il respectait scrupuleusement les règles imposées par le gouvernement. Constatant que la pluie s'intensifiait, il a fini par céder, un peu mal à l'aise. C'en était presque drôle. Chez moi, on était plus gênés qu'au parc. Il avait franchi une étape de plus dans mon intimité et, la proximité étant accessible, on aurait dit qu'on ne la souhaitait plus aussi ardemment. J'ai préparé une tisane pour lui, un thé pour moi. On s'est assis dans le salon et on a discuté. Après un certain temps, de sa main tendue, il m'a invitée à y déposer la mienne. Sa paume était douce et chaude. Ce contact, ce simple contact de nos doigts qui s'emmêlaient était chargé de sensations dont les effets se répandaient dans chacun de mes membres.

Ses doigts sont remontés doucement le long de mon bras, distribuant des frissons sur leur passage. Quand sa main au complet s'est saisie de mon poignet, c'est tout mon corps qui a ressenti sa caresse. Doucement, très doucement, ses doigts ont voyagé dans mon cou, dans mes cheveux, avec une tendresse infinie. On se souriait sans se voir, savourant cette étreinte. Quand nos yeux se sont croisés, ils sont restés verrouillés. L'envie de s'embrasser était frappante. Je n'initiais rien, c'est lui qui posait les limites.

On a poursuivi cette valse si longtemps, au son de la pluie qui nous parvenait de la porte ouverte du balcon, que la nuit était presque tombée quand nos bouches se sont enfin rejointes. Je pensais la chose impossible, des bouches encore étrangères hier qui se touchaient aujourd'hui en pleine pandémie. N'était-ce pas tricher un peu plus ? Un peu trop ? Il ne leur restait que quelques millimètres à franchir lorsqu'elles se sont finalement réunies. J'ai presque été déçue de ce baiser tant sa mise en scène était grandiose. Après toutes ces minutes, Rafael a semblé être emporté par la même fièvre que moi.

Supplice pour faire durer le plaisir. N'est-ce pas plutôt le déployer au maximum, et tenter d'en goûter toutes les parcelles ?

On a prévu de se revoir ce soir. Déjà ma peau a très hâte à ces retrouvailles.

nouvelle rencontre
fortuite
heureuse
lumineuse
inattendue
avec lui
l'été est revenu

Vendredi 5 juin 2020

Montréal, 22 h 12

Ça goûte l'été dans ma tête. J'ai le cœur en joie. Quel étrange sentiment, celui de rencontrer quelqu'un.

Il y a cet avant, mélange d'attente et de solitude. Un avant qui n'a jamais été teinté de cette personne. Tout ça est inconnu à notre âme, à notre tête, à notre peau. Puis, d'un coup, en deux secondes et demie, tout change. Notre existence est investie d'une nouvelle mission, gratifiée d'une multitude de nouveaux éléments qu'il nous tarde de découvrir, d'une nouvelle passion dans laquelle plonger. Elle fait des ravages, cette effervescence. C'est probablement et précisément à cause de ces deux secondes déterminantes au début qu'on paye le prix fort quand il se produit exactement l'inverse à la fin. Quand tout bascule, mais que notre âme, notre tête, notre peau se souviennent encore. On regrette désormais l'absence de l'autre. Son humour, son intelligence, la force de ses mains, la douceur de sa langue, son parfum... On se souhaiterait peut-être l'Alzheimer du cœur, des doigts, des lèvres. Effacer le disque dur qui déborde de souvenirs. Mais il est déjà trop tard. L'arrivée d'une nouvelle passion fait autant de dégâts que sa disparition. Et malgré tout, on replonge.

Elle est imprévisible cette passion qui naît. À la fois puissante et douce, spontanée et intime, elle occupe toute la place. Je souris de la découvrir, j'en suis la première surprise. Il y a quelque chose de très particulier chez cet homme que je ne connais pas, mais dont la présence dans ma vie me semble tout à fait naturelle.

ta présence
est une
bouffée
d'air frais

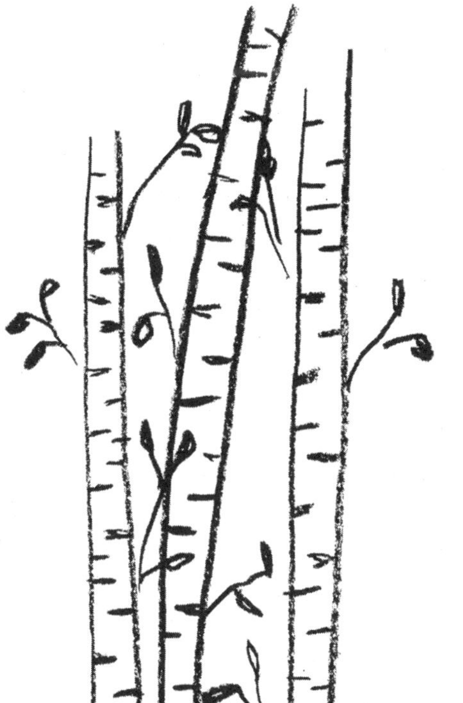

Jeudi 11 juin 2020

Montréal, 7 h 32

Je vois souvent Rafael. Il m'a concédé plus que des baisers, finalement. Sa langue et son corps, tous ses délices et supplices en désordre alphabétique.

C'est étrange de plonger dans une intimité telle que la nôtre. On ne se connaît pas, mais on dort en cuillère. On n'est pas amoureux, mais on fait l'amour. Ensemble, j'ai l'impression qu'on se met doublement à nu tous les deux. À cœur ouvert, comme des livres. Aucun de nous n'est tout à fait remis de ses dernières blessures, ainsi nos corps les pansent chez l'un et l'autre. À défaut de s'offrir les sentiments, c'est une guérison réciproque qu'on s'accorde. Un corps étranger pour cicatriser le départ de celui qu'on ne voulait pas voir en redevenir un.

J'apprécie cette attirance en sourdine qui avive mon sourire. Je me connais. Je sais qu'avoir quelqu'un dans la tête ou le cœur glace mes beaux jours d'une légèreté difficilement atteignable autrement. Je maudis parfois mon cœur pour ses emportements, mais plus souvent, comme maintenant, je le remercie de ses élans de générosité. Je m'empare de ce plaisir comme de tulipes achetées à rabais au marché, et je les immerge dans un joli vase pour déjouer le sort.

tes idées et tes phrases
dépourvues d'artifices
me séduisent
leur nudité rafraîchissante
déferle comme la lumière
il se peut que je
ne me lasse jamais
de ta vérité

Mercredi 17 juin 2020

Montréal, 17 h 00

Dans la vraie vie, Rafael est cuisinier dans un restaurant. Il travaille six jours par semaine, cinquante semaines par année. Avec un tel horaire, il n'aurait jamais eu de temps pour nos escapades. La pandémie a tout changé. Comme la plupart des restaurateurs, il ne travaille plus et remplit ses journées comme il le peut, à lire, faire du vélo et cuisiner. Entre deux contrats ou après mes journées de travail, quand on ne célèbre pas notre heureuse alchimie en emmêlant nos chairs, j'aime faire ces choses-là avec lui.

On ne va jamais chez lui, sur la Rive-Sud, il préfère profiter de la ville. Je crois comprendre aussi que sa résidence est encore trop imprégnée de son ex-femme bien qu'elle ait plié bagage il y a un an déjà. Comme je n'ai fréquenté P. que trois mois et que son ombre plane toujours dans le salon, je n'ose pas imaginer ce qu'une décennie peut laisser comme vestiges. Sa maison doit être un vrai champ de ruines. Rafael n'a pas de voiture. Il traverse donc le pont à vélo et me rejoint devant l'appartement de Rosanna. Notre terrain neutre, notre théâtre d'été. Les soirs où le ciel se déchaîne et qu'il pleut trop, on ne se voit tout simplement pas. Nos fréquentations sont dictées par la nature. Tant qu'à ne plus rien contrôler, aussi bien vivre au rythme des orages.

Quand il vient chez moi, Rafael traîne toujours un sac rempli de provisions : fruits de mer, œufs, farine… Déformation professionnelle, je suppose. J'en profite.

On cuisine ensemble, du pain, des pâtes fraîches, des salades.

L'autre jour, il m'a apporté un petit pot en verre contenant du levain qui allait, selon ses dires, complètement transformer ma production de pain si je le rafraîchissais régulièrement. Les miches qu'il m'offrait étaient toujours délicieuses, certes, mais je n'étais pas sûre d'avoir envie de me lancer, moi aussi, dans cette entreprise. Tout cela m'apparaissait bien complexe. Il m'a répondu d'un clin d'œil en disant que ça tombait bien, puisque j'avais un bon prof.

Je fournissais le vin, il m'enseignait le pain et cuisinait pour deux. Je faisais une bonne affaire.

cueille-moi
comme un fruit
défendu
croque-moi
comme les cerises
en été
laisse mon goût
se répandre
sur ta langue
et ma couleur
teinter tes lèvres
du même carmin rouge foncé
que tu laisses sur mes joues
quand tu m'embrasses

mon corps
est un territoire
décimé

c'est long
avant que les fleurs
repoussent
sur un champ de bataille

d'ici à ce que mes amours mortes
enrichissent mon cœur
fais bien attention
où tu mets les pieds

ma peau
est un terrain miné
très dangereux

Dimanche 21 juin 2020

Montréal, 17 h 25

Les jours de congé, Rafael vient me retrouver. Je coupe tout : les courriels, la discipline, jusqu'à la sonnerie de mon téléphone. L'après-midi et le soir se confondent, on étire le jour dans les draps jusqu'à la nuit. On soupe le midi, on déjeune à minuit. Quand il est là, les horaires n'ont plus d'importance.

On vit le moment présent, même si on parle toujours du passé. De Paul et de Pénélope, les deux P. qui nous ont délaissés. On en rit même souvent. Quand on est ensemble, on a le cœur léger. Ça fait du bien de s'épuiser pour autre chose que la solitude. De traverser le quotidien à deux à nouveau. Rafael tient le fort. Quand je me laisse couler vers le sommeil, épuisée de nos ébats, il me ramène à l'ordre : « Debout, il faut faire le pain ! » Il y a des gens qui suivent le cycle des saisons, nous on vit au rythme du levain.

On se traîne, nus, jusqu'à la cuisine pour mélanger la farine et l'eau avec un peu de sel, pour qu'au matin, on ait du pain frais. Ses grandes mains battent la pâte sans hésitation et je le trouve beau, à m'enseigner la boulangerie. Cérémonie sacrée de notre fraternité secrète de pétrisseurs de minuit. Ce n'est pas sorcier, tout compte fait, il faut dire qu'avec lui tout est plutôt simple.

On fuit l'engagement, mais on se lève dans le milieu de la nuit pour faire du pain. Ça me semble tout à fait conséquent.

secondes englouties
tes baisers m'avalent
détruisent le temps
avec toi
il n'existe plus

Mardi 23 juin 2020

Montréal, 9 h 53

Mon horaire est un moitié-moitié trempé dans le chocolat. Les jours de tournage, je me lève avec le soleil et je sors du studio quand il commence à disparaître derrière les immeubles du centre-ville. Pendant mes pauses, j'apprends mes textes du lendemain. En même temps, je réponds aux demandes urgentes de mon entrepreneur pour les travaux du plex. En fin de journée, je passe au chantier ou encore je magasine des poignées, des moulures, des plinthes et toutes ces choses qu'on tient pour acquises quand elles sont déjà bien en place. Un projet de rénovation impose le souci de tous ces détails, qui occupent mes pensées et que j'aime bien finalement.

Aujourd'hui, ma sœur a pris congé, on se retrouve en ville pour faire les boutiques. Il faut choisir les textiles pour nos rideaux et on aimerait trouver la literie pour nos chambres respectives. J'ai une idée précise de ce que je cherche. Je veux des matières fluides, des couleurs apaisantes. J'aime l'idée de fabriquer mon cocon un objet à la fois, de le façonner selon mes désirs. En personnalisant mon décor, je teinte l'histoire qui s'y déroulera. J'habillerai ma vie d'étoffes douces et lumineuses, comme les couleurs que j'ai choisies.

Concrétiser ce projet avec ma sœur et cimenter notre complicité dans un quartier que j'aime s'avère le meilleur remède contre cette année éprouvante. Malgré le fait qu'on s'envoie environ trente textos par jour et qu'on se téléphone pratiquement à toutes nos pauses, on n'est pas encore tannées de se parler. C'est bon signe. C'est précieux d'avoir une alliée comme elle, sur laquelle, je le sais, je pourrai toujours compter.

Me jeter corps et âme dans ce projet plutôt que dans les bras d'un garçon me semble aussi une idée judicieuse : c'est une meilleure gestion des ressources, et clairement un meilleur retour sur investissement. Vraiment, c'est à se demander pourquoi je n'y ai pas pensé plus tôt.

Vendredi 26 juin 2020

Montréal, 23 h 10

On annonce une canicule pour les prochains jours. Malgré les nuits plus pénibles que ça inflige, j'adore ce temps. L'été ne me dérange pas lorsqu'il m'écrase. Peut-être que j'ai juste envie de me coller.

Rafael m'a proposé d'aller pique-niquer au parc La Fontaine. C'était impossible : mon horaire débordait déjà et j'enfilais les rencontres en visioconférence à la chaîne. En fin d'après-midi, je devais passer au chantier avec ma sœur et ce soir, j'avais prévu souper avec Noémie.

Les travaux avancent bien ! Les cuisinistes sont venus prendre toutes les mesures cette semaine, on devrait tout recevoir dans les délais. On est tellement impatientes de déménager. Andrée-Anne était de bonne humeur et on a célébré en allant s'acheter une crème glacée en chemin. On s'est dit au revoir et on est reparties, elle vers sa maison en banlieue, moi vers l'appartement de Rosanna. Nos toits respectifs pour un mois encore.

Pour souper, Noémie avait cuisiné une soupe froide de maïs et des crevettes grillées. Je lui avais apporté un pain frais du jour de mon cru et une bouteille de blanc bien froid. On s'est régalées. C'était notre premier souper depuis des mois. Calées sur son balcon à se raconter nos dernières aventures, personne n'aurait pu croire que le monde avait changé.

En marchant vers chez moi, j'ai consulté mes messages. Rafael m'avait écrit plus tôt dans la soirée pour proposer qu'on se retrouve pour la nuit. La soirée était chaude, je n'en avais pas envie. Je lui ai gentiment répondu que je passerais mon tour, que je dormirais bien toute seule ce soir. Il a alors suggéré de venir juste un instant pour me voler un baiser. Il partait du parc. J'ai accepté. Il est arrivé avec, dépassant de son sac, de longues branches qui étaient dotées de petits bourgeons. « Je pense que les fleurs s'ouvriront dans les prochains jours... À défaut d'avoir le temps de traîner dehors, tu auras un peu l'été avec toi en dedans. » Avec amusement, je l'ai regardé tailler les branches puis les disposer habilement dans un grand vase. Ses mouvements étaient aussi assurés que lorsqu'il préparait le pain. La finesse de ses gestes m'émouvait.

Après avoir fini son arrangement, il m'a finalement volé le baiser qu'il m'avait promis, puis il est reparti comme il était venu, son casque sous le bras. En pyjama, assise au bureau de Rosanna, j'observe son bouquet. La nuit est belle, le ciel est rempli d'étoiles. Je vais bientôt dormir et je compte prendre tout le lit, profiter au maximum de la fraîcheur des draps. M'imprégner de tout l'espace que cette maison a à m'offrir. Elle me manquera bientôt. En fait, je crois qu'elle me manque déjà.

comment peut-on s'attacher
et se détacher ainsi des choses
après les avoir tant aimées ?

Lundi 29 juin 2020

Montréal, 8 h 09

Les fenêtres sont grandes ouvertes. Rafael dort dans mon lit. Le silence de l'été me plaît tant. Comme la promenade qu'on a faite hier soir, durant laquelle on a observé les arbres et les fleurs, et marché tranquillement, main dans la main avant de visiter la nuit. Ce sont des découvertes toutes simples, des choses différentes qui me plaisent. Il y en a plusieurs autres : la couleur de sa peau, sa carrure. Sa façon de prendre ma main, puis mon visage quand il m'embrasse. Ses yeux pers si clairs, sa tête d'adolescent malgré ses trente-sept ans. La bonne musique qu'il écoute, ses playlists parfaites qu'il fait jouer quand on cuisine. L'attention avec laquelle il place les fleurs dans les bouquets.

À travers cette quiétude, je ne peux m'empêcher de penser à P. ou plutôt à l'idée que je me suis faite de lui, à son fantôme. Il m'entraîne dans les sombres passages de mon cœur. Ici gisent mes désirs en ruine, sous mes pieds craquent les fossiles de mes espoirs perdus. Réminiscences d'une autre époque, mélancolie mal placée. Je compare les hommes sans le vouloir, et même si j'évince ces souvenirs, et même si Rafael gagne sur tous les terrains, ils reviennent me narguer. L'image de P. est une couleuvre. Elle va bien finir par passer, elle aussi.

Mardi 30 juin 2020

Montréal, 18 h 50

Le soleil est grand comme l'été. Quel bonheur de sentir sa chaleur, à la fois épuisante et si galvanisante. Je n'en serai ivre que dans quelques semaines, d'ici là je savoure chacun de ses rayons sur ma peau. Les branches que Rafael m'a apportées sont en fleurs et son arrangement est magnifique. Je suis émue par toutes ses attentions. Je lui dis souvent que c'est trop, tellement que ça me met mal à l'aise. N'a-t-il pas été établi dès le départ que notre histoire n'en serait jamais une? J'ai du mal à accepter toutes ses démonstrations d'amour alors que je n'en ai pas à offrir en retour. Il me dit de ne pas m'en faire, qu'il le fait pour le simple plaisir de partager. Qu'il est comme ça. Sa générosité est aussi poétique que la mienne est inaccessible.

Je renvoie du mieux que je peux à Rafael la tendresse qu'il m'offre, mais, je l'ai compris maintenant, les sentiments ne sont jamais équitables. Il y a forcément un déséquilibre. Devant cet inéluctable constat: est-il préférable d'aimer trop, ou pas assez? J'y réfléchis. Aucune de ces variables ne semble présenter une équation enviable. Je n'ai ni la force de trancher ni celle d'aller chercher ailleurs pour faire mentir cette théorie, qui semble se confirmer. Cette conclusion me laisse impassible.

Les vieux routiers de l'amour ont la couenne dure et le cœur bien solide. Je pense au mien et me dis qu'après toutes ses guerres, il sera de plus en plus difficile d'en traverser les murailles.

je suis désolée
pour tous les hommes qui ont payé
pour ceux qui m'ont blessée
vous ne méritiez pas cette rancœur
mais je ne pouvais pas
la garder pour moi

Vendredi 3 juillet 2020

Montréal, 9 h 34

Pendant notre jogging ce matin, j'ai parlé de Rafael à Noémie. De sa grandeur, de sa bonté et de tous mes empêchements. J'aimerais pouvoir lui donner plus, par reconnaissance de la portée que ses gestes ont sur ma vie, mais je n'y arrive pas. Je me sens freinée, limitée par une ceinture. Ce sont les bras de P. dans ma tête. L'un passe près de mon cou par-dessus mon épaule, l'autre frôle ma hanche et enserre ma taille. Au quotidien, quand mon corps est projeté en avant par des emballements, son étreinte me retient. Me sauve-t-il la vie ou m'étouffe-t-il plutôt ? Peut-être un peu des deux. En tout cas, il m'empêche d'avancer.

Noémie dit qu'il y a des hommes qui brisent et des hommes qui réparent. Que c'est grâce à eux qu'on peut aimer à nouveau. Sans ces intermèdes, sans ces ravitaillements-pansements et leur recharge de tendresse et de bonté, on ne pourrait pas continuer. Du moment qu'on est honnête avec soi-même et avec l'autre, sur ce qu'on cherche et sur ce qu'on peut offrir en retour, on ne fait pas fausse route. Tout le monde ne rêve pas de vivre les mêmes choses au même moment, et on a tous besoin un jour de ces interludes.

Rafael est de ces hommes qui guérissent. J'ai porté l'idée en avalant nos derniers kilomètres. Elle me semble si belle que j'ai couru en souriant.

on devrait toujours
chercher quelqu'un
dont l'estime surpasse
celle que nos amis
les plus chers
nous portent

Dimanche 5 juillet 2020
Entrelacs, 9 h 39

Les oiseaux chantent si fort, ça traverse les murs ! Aldous Harding se joint à eux avec *The Barrel* et accompagne mon café. Le four est chaud, mon pain pousse sur le comptoir. Ce matin, je l'incarne sans effort, je suis heureuse.

N'y a-t-il pas plus beau sentiment que de se sentir bien, partout ? La tête, le corps et le cœur au diapason. Quel concert, le bonheur en canon. L'inspiration revient me visiter, je sens que tout va se placer bientôt. Mon livre, mon cœur, mes voyages, ma maison. Cet été verra s'écrire la fin de toutes mes histoires. Mon arrivée chez moi signifiera la fin de mes errances, la disparition de mes fantômes d'amour et le début de nouvelles aventures. La roue tourne, la vie danse.

Les moments que je passe avec Rafael calment les feux du cœur et incendient ceux du corps avec une sensibilité renversante. Je m'empare de tout, comme les framboises sauvages cueillies dans la forêt hier soir. Il faut l'attraper quand il passe, le bonheur.

le soleil des beaux jours
dissipe ma langueur
mes larmes s'envolent
font pousser les fleurs
ma peine n'est pas vaine
elle nourrit l'été

Mercredi 8 juillet 2020

Montréal, 20 h 28

Je rentre à peine, je suis passée au chantier à la fin de ma journée de tournage. Les journées passent si vite, j'ai l'impression de prendre mon souffle le matin et d'expirer seulement le soir venu, lorsque je m'échoue dans mon lit. Il y a encore beaucoup à faire avec les travaux, même si on approche du fil d'arrivée. Quelle joie de voir nos choix assemblés. Le bois en chevron de mon plancher est à couper le souffle, je me retiens de retirer les cartons protecteurs pour l'admirer à chacune de mes visites. La céramique dans la salle de bains est toute installée, le miroir et la plomberie aussi. Je n'ai pas encore de cuisine, mais elle est en production. Il manquera quelques détails de finition, mais nous devrions pouvoir emménager dans les délais. Ouf!

Dans le peu de temps libre qu'il me reste, la seule chose que je parviens encore à faire, c'est nourrir mon levain. C'est un plaisir à la hauteur de ma disponibilité. Ma vie est tellement remplie de défis d'envergure que la petite échelle de celui-ci me rend heureuse. Savoir mon levain bien vivant m'apporte joie et sérénité. Peut-être que c'est plus que de la farine et de l'eau, finalement. Je m'attache facilement.

Cette semaine, je suis rentrée tous les soirs chez Rosanna complètement lessivée, tordue comme une serviette sur laquelle on se serait acharné pour en extraire l'eau après une chute malencontreuse dans la piscine. Parlant de baignade elle serait bonne ; il fait trente-deux degrés, trente-huit ressentis.

J'adore cet air estival lourd, humide, plein de soleil. Les nuits sont plus difficiles, mais je l'aime, ce poids de l'air, il est moins lourd que celui de mes pensées. Il s'élève comme l'huile au-dessus de l'eau. Le poids plume de l'été. Il me porte et, entre deux dérobades, je flotte avec lui.

Samedi 11 juillet 2020

Entrelacs, 9 h 00

Le temps est gris. Le stress et les longues journées alourdissent mon corps, ma tête un peu aussi. Hier soir, je me suis endormie rapidement. Ce matin, un air de piano dans les oreilles, je regarde la forêt. Je me sens mieux, instantanément.

Dans trois semaines exactement, on emménage dans notre duplex ma sœur et moi. J'ai hâte de la retrouver. Après avoir erré dans ma solitude, côtoyer un peu de vie ne me fera pas de tort. Depuis un an, j'ai l'impression de n'avoir fait que des escales. Je me sens entre deux, entre la pause étrange du printemps et le marathon de l'été, entre le calme angoissant de l'arrêt et le bruit assourdissant de la vie qui a repris son rythme sans le souvenir de nos bonnes résolutions.

Quelle étrange année. Malgré tous mes déracinements, je me sens privilégiée d'avoir trouvé un port dans le quartier, de graviter dans mon univers, même si toutes ses parties vont et viennent, souvent hors de mon contrôle.

Dernier droit avant d'être chez moi.

la légèreté du temps
comme le vent
dans mes cheveux
glisse sur la rivière
origami solaire
ma peau se constelle
d'une vie nouvelle

Dimanche 12 juillet 2020

Entrelacs, 11 h 15

Ce matin sur le quai, j'ai fait ma meilleure méditation depuis longtemps. Mon esprit était clair et posé. Je n'avais aucun effort à faire pour éluder les pensées. Ça me rassure de voir qu'ici je parviens à me délester de tous mes tourments. Le silence me fait du bien. L'arrêt. Seule, j'ai le plein contrôle.

L'île s'impose devant moi. Solide. Grandiose. Son calme me rassure. Le bruant à gorge blanche répète ses trois notes caractéristiques. Le vent pousse les nuages abondants qui dégagent en se déplaçant quelques arpents de ciel bleu. Que j'aime cette forêt, mon havre de paix. Elle aura pansé mes plaies, habillé mes silences, accueilli mes larmes, accompagné ma solitude et apaisé mes batailles. L'immobilité des sapins m'a rappelé que j'avançais, que la vie continuait même si elle prenait parfois son temps. Le printemps m'a prouvé encore une fois qu'après l'hiver, après les bourrasques et les déserts de glace, la vie reprenait toujours.

J'ai cessé de croire que le bonheur se trouve à l'extérieur de moi. Que j'ai besoin de quiconque pour me réparer. La nature est bien faite, les femmes ont une force qu'elles ne soupçonnent pas. La forêt prêche par l'exemple, c'est en l'admirant que je l'ai compris. Comme le midi survit au mistral, les îles aux volcans et la taïga à l'hiver, je survivrai à toutes mes évictions. Celles du corps comme celles du cœur. Ma maison est à l'intérieur de moi.

mes certitudes
sont plantées
dans ma tête
je suis à l'abri
dans mon ventre
je n'ai plus peur
de mes tempêtes
d'ici
je les vois venir

Vendredi 17 juillet 2020

Montréal, 22 h 15

En revenant de faire des courses près du duplex, je me suis arrêtée au chantier avec Rafael. Ça me faisait plaisir de pouvoir enfin lui montrer ce projet qui m'avait tant occupée. Il en avait tellement entendu parler !

Très mauvaise idée. En arrivant sur place, j'ai réalisé l'absurdité de sa présence dans ce lieu ; être avec lui, ici, a mis en relief l'ironie de nos fréquentations. J'ai acheté cet immeuble quand je sortais encore avec J. J'ai travaillé les plans et choisi les matériaux pendant que je fréquentais P. et voilà que je me retrouvais ici ni avec l'un ni avec l'autre. Rafael m'a soudain paru plus inconnu qu'il ne l'avait jamais été. Sa présence avec moi sur cette scène rêvée avec d'autres avait quelque chose d'inélégant, presque d'indécent. J'ai senti la nostalgie s'emparer de moi. J'ai refoulé les larmes, je n'avais pas envie de pleurer ici. Mais quand on est passés dans les décombres de la cour, je suis persuadée qu'on pouvait me confondre avec eux. Mon cœur en compote, mes vestiges caméléon.

Rafael s'est extasié devant la beauté des matériaux, la grandeur des fenêtres… Tout ce que je voyais, moi, c'étaient des pièces vides, qui ne seraient habitées ni par J. ni par P. Une maison inachevée. Pourtant, c'était un tableau blanc. Pourquoi l'associais-je au passé alors que rien de cet endroit ne lui appartenait ? J'avais besoin de me réapproprier ce lieu. J'avais besoin de me réapproprier ma vie.

En rentrant à pied, je devais être plus songeuse que d'habitude. Rafael a dit : « Tu penses à lui, n'est-ce pas ? » « Non, c'est pire. Je pense à eux. » La nuit était fraîche. Ça sentait le gazon, c'est rare en ville.

« Je ne pense pas que nous deux ça pourra exister au-delà de chez Rosanna. »

Rafael a serré ma main plus fort, il ne l'a pas lâchée. Je crois que c'est à ce moment-là que j'ai réussi à pleurer. Deux heures plus tard, en écrivant ces lignes, je pleure toujours.

est-ce qu'on mesure
l'impact d'une personne
par le ressac
de son souvenir?

Samedi 18 juillet 2020

Montréal, 10 h 42

En rentrant du duplex hier, Rafael s'est arrêté dans le cadre de la porte. « Préfères-tu que je parte ? » C'était étrange, mais ici, chez Rosanna, il avait sa place. Ici, dans mon univers encore emprunté, il faisait partie des meubles, il faisait partie de ma vie. Ça m'allait, qu'il soit là. J'ai dormi enveloppée de ses bras et de sa tendresse. Il m'a réconfortée de mes peines d'amour cumulées ressuscitées par le choc des espaces, et encouragée dans mon projet de faire table rase, de tout vider pour mieux reconstruire.

Ce matin, la pluie tombe sur la ville, le temps est tellement frais qu'elle prend des airs d'automne. J'ai proposé à Rafael de rester le temps que l'averse passe, mais on savait tous les deux qu'il pleuvrait toute la journée. La météo avait peut-être eu vent de mes sentences de la veille. Il a poliment refusé mon offre. Quand il a été prêt à partir, il est venu m'embrasser. « Tu déménages quand, encore ? » « Le premier août. » Il a eu l'air songeur. « OK. Alors ça me laisse encore deux semaines, c'est ça ? » J'ai ri devant sa folie. Je lui ai fait signe que oui de la tête. Il m'a embrassée à nouveau avant de rajouter en s'éloignant : « C'est bon, deux semaines. Ça va le faire. »

Je lui ai envoyé un bec à la volée à travers la porte vitrée, puis il a disparu.

Jusqu'où la tête a-t-elle son mot à dire sur l'amour ? À quel point la décision doit-elle être guidée par le corps et ses instincts ? Et le cœur, lui ? Doit-il absolument tanguer, sortir de son lit comme une rivière, pour prétendre y avoir goûté ? Doit-il battre plus fort, s'appesantir dans la poitrine ou, au contraire, devenir si léger qu'on n'en ressent plus le poids ? Tant de questions auxquelles, j'en ai l'intime conviction, il n'y a pas de réponse. Quel drôle d'animal que l'amour. On le traque durant des années, et après, qu'est-ce qu'on en fait, vraiment ?

ces mains
auraient eu
la force d'apaiser
toute la douleur
du monde
j'ai de la chance
que sur moi
elles se soient posées

Samedi 1er août 2020
Montréal, 22 h 15

Hier soir, on s'est collés longtemps. Une étreinte d'adieu qui a duré la nuit. J'avais mis l'alarme très tôt, les déménageurs arrivaient à sept heures. Au réveil, Rafael nous a fait griller du pain une dernière fois alors que je faisais couler nos cafés. On a terminé de les boire debout à travers les boîtes qu'on avait faites ensemble. Rafael m'avait proposé de m'aider dans mon déménagement. J'avais évidemment refusé, mais il avait insisté. Il soutenait qu'il avait du temps et il avait envie de le passer avec moi. Je n'avais rien trouvé à dire contre cet argument. Alors, entre mes tournages et les visites au chantier, nous avons passé ces deux dernières semaines ensemble à faire du pain, des boîtes et l'amour à intervalles à peu près réguliers.

La vaisselle de Rosanna nous a sauvés, la mienne était déjà enveloppée et rangée au fond des cartons. Rafael a lavé nos tasses et nos assiettes, je les ai essuyées et rangées. On faisait une bonne équipe. Il m'a aidée à emballer la cafetière, puis à répartir le contenu du frigo et du congélateur dans des glacières. Quand tout a été emballé, on a fait un dernier tour, comme dans les chambres d'hôtel, pour être certains de ne rien oublier : il restait le savon dans la douche et mon chargeur de téléphone dans la chambre.

Mon appartement temporaire. Je l'ai observé, vide de mon empreinte, mais toujours bien vivant. J'ai pensé à Rosanna. Au cadeau qu'elle m'avait fait de m'accueillir ici, de me prêter cet espace réconfortant qui aura bercé ma vie pendant ces sept mois importants. Sept, je me souviens que c'est le chiffre de la chance, je me rappelle aussi en riant que je ne crois plus du tout en la numérologie. Sept mois, pour une période temporaire, c'est paradoxalement beaucoup. C'est peut-être pour cette raison que cet adjectif, malgré son sens, est aussi long. *T e m p o r a i r e*. C'est amusant, quand on y pense il possède une lettre de plus que *p e r m a n e n t*. Mais qu'est-ce qui dure toujours, de toute façon ? Ce refuge éphémère n'en aura pas été un. Il a été l'incubateur de mes joies et de mes peines, mon abri de fortune, mon bunker de fin du monde. Le nid de mes amours perdues et retrouvées, disparues et recollées, ma comédie romantique, mon drame, mes pornos, mon cinéma d'auteur. Une succession de trop de pauses, de larmes, de bulletins de nouvelles sans joie. Il a été tout ça, mais aussi : une source d'espoir. Des fleurs toutes les semaines, du soleil à profusion. Des cafés qui réchauffent l'air et des amis à distance qui se chargent du cœur. Plein d'histoires à écrire ou à raconter, des soirées pyjama, des nuits de rêves, en tisane ou en réalité. Je regarde ce lieu que j'ai tant aimé et qui me l'a rendu au centuple. Les gens qui ne croient pas que les murs ont des oreilles sont des rabat-joie. Ce lieu a pris soin de moi plus que moi-même. Je l'ai habité et lui m'habitera longtemps encore. Il m'a écoutée et apaisée, il m'a laissé le transformer pour me donner l'illusion que j'avais du contrôle sur quelque chose. J'ai profité de lui et aujourd'hui je le quitte, non sans lui exprimer toute ma reconnaissance.

Rafael était debout dans la cuisine. Je me suis approchée de lui le regard rempli de gratitude. Il m'a répondu que ce n'était rien. J'ai levé les yeux au ciel : c'était tout sauf rien. « Ça me fait plaisir, alors », a-t-il chuchoté. J'ai fermé les yeux. Ces hommes qui réparent... Je l'ai enlacé et me suis lovée contre lui. Son t-shirt sentait un savon à lessive de printemps.

« Salut ! » C'est la dernière chose qu'il m'a dite en descendant l'escalier en colimaçon, avec son grand sourire, son casque sur sa tête et son vélo sur l'épaule. Le camion de déménagement était en train de stationner devant l'immeuble. C'était la fin d'une histoire, le début d'une autre.

le bonheur a réussi
à se frayer un chemin
jusque dans ma vie
il y a si longtemps
que je l'avais vu
je ne savais pas
s'il parviendrait
à retrouver sa route

Dimanche 2 août 2020

Montréal, 7 h 57

Je me réveille encore entourée de boîtes, mais cette fois dans mon lit, chez moi. J'ai dormi comme un loir. Hier était une grosse journée. J'ai fait mes adieux à l'appartement de Rosanna en même temps qu'à Rafael, mais ce n'était pas triste, au contraire. J'étais prête, je faisais de la place pour la suite. J'ai atterri ici entourée de ma famille. Une ribambelle d'amour, des cœurs à la chaîne. Tout le monde était là : ma sœur, qui a géré la coordination des déménageurs comme une cheffe, mes parents, qui nous ont aidées à défaire les boîtes, mon frère et sa blonde, qui ont monté quelques meubles en plus d'apporter le dîner. Je suis entourée d'anges gardiens. C'est si précieux, la famille.

En fin de journée, Noémie est arrivée avec des pizzas en même temps qu'Olivier qui avait acheté des bières froides pour tout le monde. On s'est éparpillés à deux mètres les uns des autres dans la cour et on a mangé tous en même temps dans les cartons à pizza, heureux de ce prétexte pour nos retrouvailles. La pandémie, pas plus que la distance physique qu'elle nous a imposée, n'avait eu raison de nous. Avec autant d'amour qui gravite autour de moi, je réalise qu'il ne m'en manquera jamais. Je crois qu'à ce moment-là j'ai réalisé que depuis un an je n'avais jamais été aussi heureuse.

Le souvenir de P. me parvient. Je l'accueille sans tracas ni soucis, avec le sourire. Les mains de R.

étaient tellement plus engagées que les siennes. Elles n'avaient pas peur du poids de mes mots ni de celui de mon cœur. Elles étaient fortes en tous points, et pourtant quand elles glissaient sur ma peau, elles ressemblaient aux plumes des oiseaux que je regarde traverser le ciel en rêvant que je vole avec eux.

Depuis que j'en ai rencontré d'autres que lui, depuis que je sais que le bonheur fleurit où je le veux, je ne les envie plus. Je vole moi aussi.

Le prochain, je ne l'attends pas. J'ai besoin de me retrouver chez moi. Et ça tombe bien, c'est ici.

Une page blanche
pour le reste
de mon histoire

Suivez-nous

Achevé d'imprimer en octobre 2021
sur les presses de l'imprimerie Marquis-Livre
Montmagny, Québec

Imprimé sur du papier québécois 100 % recyclé